周粲◎著

雨在夢的
邊緣落著

周粲到印尼參加詩歌
會議，接受總統蘇哈
多款待。（1978）

周粲與中國作家兼詩人冰心會晤。（1979）

周粲在新書展銷會上為讀者簽名。（1980）

作家琦君及夫婿李唐基贈予周粲的照片。（1987）

第二屆新加坡國際華文文藝營。左起：詩人張香華、雲鶴、顧城、周粲。（1987）

周粲與中國詩人傅天虹攝於亳州。（1988）

周粲與海南大學教授王春煜攝於新加坡辦公室。（1988）

周粲在亳州穎河詩會上發表演講。（1988）

小說家張系國受邀到文藝營發表演講，由周粲擔任主持。（1988）

周粲與中國詩人嚴陣攝於黃山頂。（1988）

周粲與台灣詩人余光中
攝於宴席上。
（1985）

周粲與中國詩人王辛笛
攝於新加坡。
（九〇年代）

周粲攝於英國倫敦劍橋
大學康河旁。
（1995）

左起：詩人賀蘭寧、許福吉、蔡欣、向明、洛夫、周粲。攝於新加坡餐館外。

周粲與中國詩人柯原攝於亳州。（1988）

周粲伉儷與小提琴家、作曲家兼畫家甘琦勇攝於新加坡甘氏畫廊。

左起：犁青、馬崙、周粲、淡瑩、李元洛攝於新加坡。

左起：作家陶然與周粲，香港。

作家李元洛到周粲家做客

周粲與到新加坡參加文學
座談會的作家三毛一見
如故。

周粲與他心儀的台灣詩人
洛夫。

瘂弦到新加坡演講,周粲
是忠實的聽眾。

歲月收藏什麼

寫詩寫了幾十年，自己認為好一點的詩，總會有十首八首吧，想從中選出一首來，並使自己相信它是最滿意的，真不是容易的事。

不過我倒是對多年前發表過的一首叫做〈收藏〉的詩特別有印象。

我所以會寫下這麼一首詩，恐怕跟我一向有若干收藏癖有關係。其實對一般人來說，都或多或少有這方面的癖好。這也許還是一種所謂天性呢。以我個人來說，在我這一生的收藏品中，最為突出的應該算是作為工藝品的貓頭鷹。數十年下來，我玻璃櫥裏大大小小的、形形色色的貓頭鷹，當有數百隻之多。這個數目，還隨着日子的過去，不斷地在增加中。有一個我教中學的時候教過的學生，現在是社會的一根大棟樑了，他每逢新年到我家拜年，總不忘給我帶來精美別緻的貓頭鷹，叫我既感激也感動。

其實我最喜歡讀小詩，也最喜歡寫小詩。除非某種特殊的原因，小詩是足夠讓我們表達一般所要表達的內容的。

一開始，我就說要收藏的是花。怎麼搞的？連花也收藏嗎？花能收藏嗎？當然能。沒騙你，我家的展示櫥裏，至今天還擱着我多年前到澳洲旅行時採的幾小束花呢！沒錯，它們現在都變成乾花了。存在，卻沒有了生命。

　　花是最脆弱的，是最容易枯萎最容易化成泥的。所以接下來我要收藏的是貝殼。貝殼無異比花朵堅固一些耐一些。

　　再接下來，我的收藏欲，收藏野心提高了，我這一回要收藏的，是遠在天邊的星，而不是近在眼前的花朵與貝殼了。我這個收藏者，畢竟是異想天開哪。看着那個「摘」字，我自己都覺得好笑。星能讓你想摘就摘的嗎？在詩裏，什麼都能；在夢裏，什麼都能。說句狂妄的話：能做夢的人才能寫詩。

　　當你繼續讀下去的時候，你會發覺：我收藏的對象，越來越「不像話」了。我居然連看得見卻觸摸不着的彩虹都想收藏呢！還說是「一節折斷的彩虹」。彩虹又不是玉如意什麼的，怎麼「折斷」？真是誇張之至，真是匪夷所思。再說龍吧。世上有龍與否，還是個疑問，怎麼收藏驪龍的珠？到哪裏尋找驪龍的珠？女媧是神話人物，她補天的泥，哪兒有找到並加以收藏的可能？笑話、笑話；荒唐、荒唐！

　　不過聰明的讀者不難從收藏物品難度的遞升中看出：人的貪婪程度，有時可以是毫無止境的，否則，怎麼會進而打「銀河」和「歲月」的主意？銀河和歲月，豈是我輩收藏得起的？

　　在這裏，我敝帚自珍地覺得用「在大氣中銜枚疾走的」一串文字來修飾「歲月」，是一種「神來之筆」；因為「銜枚疾走」，本來是描述古代兵士行軍時的情形的，我這裏則借用它來形容歲月流逝的快速。同時，「銜枚」暗藏默不出聲的意思，「疾走」則明顯地說明了「快」這個重要因素。我們不是常說：時間總是在不知不覺中溜走的嗎？「默不出聲」，也就是「不知不覺」的另一種陳述與反映。至於「疾走」，那更是時間的一大叫人驚心動魄的特色了。正因為時間有此特色，才使到「千古風

流人物」也好，帝王將相也好，腰纏萬貫、不可一世的富豪巨賈也好，都難逃被「收藏」的噩運。

這樣看來，說這首詩是一首哲理詩，是一首探討生存意義、人生真諦的詩，也未嘗不可，是吧？

目 次

107　第二輯　小詩進行曲

285 第三輯 雨在夢的邊緣落着

427　附錄

459　後記

第一輯

滴入唐詩的水

收藏

看見樹上那朵花
美
就採了
來收藏

看見沙裏那枚貝殼
奇
就拾了
來收藏

看見天邊那顆星
亮
就摘了
來收藏

也收藏了
一節折斷的彩虹
兩顆驪龍的珠

以及數塊
女媧補天用的泥

正想也收藏銀河
收藏在大氣中
銜枚疾走的歲月
不意歲月它
不聲不響地
收藏了我

藏

小小的
一方色彩斑斕
迎風獵獵作響的布
藏一個國家

小小的
一個出現在紙上
曲曲折折的圖形
藏許多山岳河流

小小的
一顆熾熱鮮紅的心
藏一個你

小小的
一個能寫能叫
卻不能把玩不能吞噬的
你的名字

藏我千縷萬縷的
相思

搖

蟬們一早　就拿着
金屬片串成的樂器
在林木深深處
搖將起來

這一搖
嚇得三五小黃蝶
都四竄飛逃
而那些變色的葉
卻抓不牢樹枝
墜落一地

只是這一搖
竟也搖藍了無雲的天空
搖綠了泛着油光的草地
搖亮了已經很刺眼的陽光

那聲音
還把亭子裏
一個方才醒過來的人
又搖入
另一個悠遠的夢鄉

問蟬

有一件事
幾次想提出來
問林中的蟬

把一絲絲
一絲絲聲音的線
拋
得
那
麼
遠
一下子
收得回來嗎

夜色

夜色
潮水一般
漸漸地湧過來了

湧過來
包圍我
越來越短的海岸線
越來越近的邊疆

卻仍須
絲毫不動聲色
甚至假裝
沒發覺
太陽已西下
也看不見
只剩下一隻眼的星
已黑衣蒙面
紛紛從屋頂
跳下來

燈節

回去
回到唐朝去
於農曆正月十五日
去看明皇
站在高塔上點燈

他的手輕輕一觸
萬盞燈籠
一時都亮了

燈光裏
笑語盈盈
屐聲析析

一條漫長的長安大街
這時便撒滿了
等待人們去撿拾的
詩句

月餅

還用得着問嗎
月餅
當然是月亮做的

所以握刀時
我分外小心
生怕一失手
把它的圓和亮
切碎

啄木鳥

我現在才知道
更深人靜時
那隻趴在樹上的啄木鳥
原來不是在
刮骨療瘡

篤　篤　篤
虔誠而恭敬
敲着又敲着的
竟是一隻
體制怪異的木魚

古意

今生我是我
你
是一隻蝶
在我靜立時
從窗外的椰梢飛過

如果來生你是你
我是蝶
你還認得我嗎
當我也從你窗前飛過
撲動着滿身的斑斕

觀燈

只要那些花燈一點
在月圓之夜
只要燈影迤邐
搖綠搖紅
便能搖成個元宵

時代不是宋
地點不是長安大街
但遊人如織
笑語展聲裏
竟婉婉約約
走着一些朱淑貞

滴入唐詩的水

在水龍頭盛了一杯水
正想喝下
那人突然喊住我
說慢着
我給你滴入
一點唐詩

水的顏色
隨即紅了起來
像五月怒放的榴花
又黃了起來
像一園未摘的枇杷
再綠了起來
像春風過後的江南岸

喝下吧　喝下吧
那人慫恿
遂舉杯

讓液體流入
每一條血管

至此
才知道那杯水
一點也解不了渴
我的喉嚨
很熱　像我的心
都在燃燒

機器

到了最後
她才問我
我把真相告訴你
你還會愛我嗎

我看着她
久久
你說來聽一聽吧

她流下眼淚說
為了愛
你要原諒我
我
不是人
是一架機器

我笑起來
且把她摟得更緊

你以為我是人嗎
我還不是
跟你一樣

路上

這一生
有多少時間在睡床上
多少時間在上班的車上
然後　坐下
在一個小小的座位上

真願意　這一生
多撥一點時間
到你心上
停留在你唇上
或者書上水上雲上

心上唇上也好
書上水上雲上也好
這一生
卻時時刻刻
走在一條
曲

曲
　折
　　折
的路上

暗香

遠處的樹蔭下
有一方池水
已經不早了
荷花還在睡

一陣風
微微
往這個方向吹

胡姬的綠葉
玉似的青翠
許多白蝴蝶
永遠停着不飛

一陣風
微微
往這個方向吹

我的志願

志願
我們都有
我和鄰座的阿貓
和角落頭
拖着鼻涕的阿狗

阿貓要做醫生
醫全世界的人
阿狗要做建築師
造屋子給每一個人住
我要做科學家
發明
我高興發明就發明的東西

我們要把作文簿留着
五十年後
一起坐在綠樹蔭底
鳴蟬聲中
再讀一遍

白雲山

什麼也看不見
卻口口聲聲
說叫的是蟬

就算是蟬
也不必叫得那樣急
夏日方長嘛
連風裏
一片片
可以障眼的葉
都這麼提醒它們

這時不喝酒
只喝茶
才舉杯欲飲
一句句的知了　知了
便紛紛跌落
燙嘴的亮麗之中

植物園

一池的涼
千畝的陰
浮在空中
沒有重量的
許多的靜

草在綠
樹在抽芽
蔦蘿爭着
向上攀登
卻又低頭
頻頻回顧

有蟬
躲着
卻不住
以長長的
長長的叫聲
追我　追我

心事

她多想把滿懷心事
用打字機
整整齊齊地
清清楚楚地
記錄下來

沒料到慌亂之間
放歪了手指
以致每一個鍵
都成了錯誤的鍵

怎麼讀呢
白紙上
那些文字與符號與數目字
夾雜起哄的語言

走過

雲走過
煙和霧走過
日月星辰走過
夢和歡笑和憂傷走過
童年和青春
走過　走過

我走過
像一陣風
且攪亂了
大氣中一些塵埃
嗜
塵埃走過

童年不是童年

紙不是紙
如果它不能折成小船
交給旅行的溪澗
天空不是天空
如果它不展示
大大小小的風箏
繩子不是繩子
如果它不能叫陀螺
頭昏眼花地旋轉
田野不是田野
如果它不飛
蜻蜓和蝴蝶
季節不是季節
如果沒有伴隨它而來的
翻新的遊戲
童年也不是童年啦
如果童年一過
腦袋裏不曾留下

花花草草的顏色
各種昆蟲的叫聲

那一年的事

那一年去放風箏
搖頭擺尾那條百足蟲
一晃已在白雲堆裏
我身邊的童年一高興
也攀着絲線上青天

那一年去郊遊
山坡上野花朵朵
盡講着陽光的故事
我身邊的童年入夢了
從此不再醒過來

那一年去爬樹
窩裏幾隻小黃鳥
分明在呼喊媽媽　媽媽
我身邊的童年一失足
登時跌了個粉身碎骨

那一年去捉小魚
藻光啊　蒲影啊
隨綠水流向遠方
我身邊的童年昏了頭
也迷迷糊糊跟着去

蝶群

你不會知道
一群蝶
自何處來
林間　山崖
或者天際

蝶來
就這樣來了
蝶來之後
靜止的萬綠中
無聲無形的芬芳中
遂有了
另一些蹁躚的色彩

縱使時間是戰國
又如何指認
蝶影幢幢裏
哪一隻
是入夢的莊周

踢毽子

我們排好隊
從漢朝
一路踢了來

一仰望
連藍天的白雲
都在我們腳上
翻幾個身

升　　降
升　　降
不小心一落地
跌碎的
竟是個
清湯掛面的童年

屬我

靜坐無人時
一池的蓮花屬我
水中斑駁的樹影屬我
先知冷暖的鵝鴨屬我
啊　欲雨的天空屬我

我是富庶的
在這一個早晨

旋又覺得無謂
覺得佔有
原是可鄙可笑的事情
我只是偶然
坐在這無人的池邊
而我即將離去

我走後
什麼都不屬我

靜坐

以為這麼坐着
合十
且屏息
這個星體
便會遽然停下來

這麼坐着
星體的輪軸
卻仍嘰嘎價響

星星來了又隱去
月光淡了又明
影子
死了一批又一枇

有一陣悉嗦
起自雙腳
低頭看時

落了好久的黃葉
已升至
我的膝蓋

刻髮記

沐浴焚香既畢
他遂從頭頂
拔下一根青絲
用比青絲更細的刀筆
在上面刻字

他屏息
如老僧入定
手指不動
手臂不動
動的是神
遊的是神

神凝時
觀心的鼻
也看見了
往昔
那個解過牛的庖丁

頃刻藝成
盈寸之中
藏一個被冰雪凍冷的月
藏半溪漁火
　一樹楓紅
藏一座鐘聲琅琅的寒山寺
和一個名叫張繼的詩人

你的青春

我不在乎　真的
接受你那
像影子一般
跟前跟後的寂寞

或者你那
不一定有原因有道理的
樹上青果子的憂愁

就連你頭頂的殘月
腳上的露珠
我也願意
要了過來

只要你一併給了我
（你肯吧　你肯嗎）
你的青春

山中歲月

除非我不回來
除非我就這樣
雲遊山中
抵達家門後的日子
該怎麼過

尤其是
該怎麼撥開
淒淒芳草
去尋覓
一些似曾相識的墓碑
呼喚一些
似曾相識的名字

如果要阻止夏天的昆蟲
頻頻講下雪的事
如果要譏笑蝴蝶

匆匆忙忙
只能跳這一個春天的舞

那麼蜉蝣呢
怎麼也無從
把它自長夢中搖醒
起來辨認
什麼是月亮
什麼是太陽

長河

到來喝水的馬兒
這時都走遠了
落日
從大旗移到長河上

有一老者
在河邊坐着
伸雙足入河中
如濯萬里流

並以一把
帶在身邊的剪刀
剪剪剪
要將河裏的水
剪斷

日已沒
水仍長流

老者刀鈍力竭
撲死在亂石上

水是我

水是我
霧是我
浮雲是我
我在大地上遊蕩
在天空中飄揚

露珠是我
雨點是我
冉冉上升的蒸氣是我
我是沉重的
也是輕盈的
陽光底下
我高貴而美麗

溪澗在山谷潺潺歌唱
溪澗是我
小河在晨風裏慢慢流
小河是我

大海上
巨浪滔滔
波濤洶湧
啊
大海是我

水是我
一切是我
在整個宇宙間
我來去無蹤
自由是我
快樂是我

態度

說着說着
燈暗了
數着數着
花開老了
走着走着
太陽斜西了

但是燈還沒熄呢
但是花還沒謝呢
但是太陽還沒沉落呢

觀燈哪
賞花哪
曬太陽哪

蟬

踏着遍地的死葉
從一條小徑上走過
一陣微風吹
點點小花落滿頭

細雨已過
新割的草綠而香
樹蔭下　散落
陽光斑駁的白眼

知否時光如流
落葉樹又換新衣
遠遠的　一個蟬
應道　知了　知了

登泰山

好　好　好
咱們中天門再見

跟山風這麼說着
我便在蟬聲的慫恿裏
拄杖拾級而登

一百級
兩百級
五百級一千級
累時　就向
纏足的老嫗討一點力
向肩荷水泥的
挑夫討一點力
向今生今世
就這一次了吧
的意念
討一點力一點力

當年「孔子登臨處」
如今「我亦登臨」
「回馬嶺」在前
我說什麼也不回馬
提到「漸入佳境」
我不是早已進入佳境了嗎
忽而氣喘吁吁的山風
大喊一聲
三千級啦

山風與我　終於
在中天門再見

註：「孔子登臨處」、「我亦登臨」，「漸入佳境」
　　都是登山一路上見到的石刻。

蝴蝶夢

我是莊周　你是誰
我是蝴蝶　你是誰
到我夢裏來吧
來這兒做一個夢

我的夢很輕
像翅膀搧動時的一陣風
我的夢很濃
像午陰裏流出的一霎沉醉

你看見什麼
在我的夢裏
是千千萬萬彩色的眼睛
抑是閃着金光的鱗片

你嗅到什麼
在我的夢裏

是百花盛開了的幽香
抑是果子熟透了的甜蜜

瞧　太陽還在笑着
然而我已經睡了
我要從樓閣的窗前
飛到你草木離離的園裏

什麼是夢
什麼是醒
哪兒是來路
去路又在哪一端

你忘了　我是莊周
我忘了　你是蝴蝶
當你睡時　我醒了
我們在夢的夾道上撞見

爭那些星兒

爭那些星兒
說　這一顆是我的
那一顆是你的
爭着爭着
黑夜已隱去
空蕩蕩的天宇
再不見我的星
再不見你的星
啊　空蕩蕩的天宇
已沒有一顆星

爭那些花兒
說　這一朵是我的
那一朵是你的
爭着爭着
春天已逝去
靜悄悄的園裏
再不見我的花

再不見你的花
啊　靜悄悄的園裏
已沒有一朵花

爭這個世界
且一齊說
這個世界是我的
爭着爭着
世界已在大氣中
逍遙遊了半個世紀
而我們也已白了少年頭
也已消失無蹤
茫茫的天地間
再不見我
再不見你
啊　茫茫的天地間
已沒有我們

一身金錢的那人

那人沒有金錢
只有一籮一籮的時間

知道金錢的寶貴
那人就搖着銀鈴
叫賣分和秒
在熱鬧的街頭

有的買了
他半個澆花的早晨
有的買了
他整個植樹的午後
有的買了
他用來收集彩霞的
許多黃昏

等到黑夜也被拿走
生意興隆的那人

立刻想露出一絲微笑
糟了　糟了
一身金錢的那人
忽然驚覺
他已經沒有時間微笑

鐵馬

叮鈴　叮鈴
你聽
叮鈴　叮鈴
風在說話
風借簷前鐵馬
發出聲音

叮鈴　叮鈴
你聽
叮鈴　叮鈴
鐵馬在說話
它讚美這山這水
都那麼幽靜

它將人們
從夢中喚醒
告訴他們
數十年

如眨一下眼睛
數十年
如一句短簡的話
叮鈴　叮鈴

黑貓

輕輕地
它來了
踏着輕輕的腳步
像一絲夜風
像夜風扯下的
一片葉子
像夜

夜很深
夜很濃
夜很黯淡
只剩天邊兩顆星
藍藍的
神秘而且美

只剩遠處兩盞燈
閃閃的
發出冷而清的光

然後
拖着長長的黑影
靜靜地
踏着靜靜的腳步
走了

胚珠的夢

一粒胚珠
躲藏在子房深處
它是那樣盼望着
綠葉上花冠的嫣紅

春天已降臨人間
到處是一片溫暖
它似乎聽見鳥兒的啼聲
艷陽下落着金色的羽毛

它彷彿看見
蜂蝶成群在飛翔
它們顯然都忙於
完成這一季節的豐收

於是胚珠輕輕地呼喚
來吧　來吧

親愛的昆蟲們
請飛近我的身旁

每一個星光燦爛的晚上
它都做相同的夢
夢見花朵凋零時
它結成一粒種子

讀張繼〈楓橋夜泊〉

黑暗裏
是一輪白幽幽的月
是寒颼颼
緩緩墜落的
片片雪花
是面目模糊的
楓橋的影子
和一座
老態龍鍾的廟

黑暗裏
一江都是睏倦的
火的眼睛
望向那艘
涉水而來的小船

怎麼會呢
當鐘聲一浪接一浪

疊起
我
竟是那個
從艙中站到船頭來的
遲歸的客人

菩提樹

再沒有一種樹
象菩提這麼怕熱
一天到晚
將一千把扇子
全抓在手中
不停地搧着　搧着

有時不小心
扇子三把五把
掉落下來
在它旁邊的風看見了
高興得什麼似的
沙的一聲
就撿了去

蜘蛛人

今天很飽
一口氣
就吞噬了儒道墨法
中外古今
以及繁花的狂傲
落葉的謙卑

然後吐絲
縱橫交錯
成一張
連自己也不怎麼看得清的
網

樂也罷
苦也罷
我在網中央
盤算着
下一張網
該怎麼織

白髮

一根白髮
如一顆野草的種子
在人不備不察間
冒了出來
帶來了迷惑
以及久久不能釋懷的
震驚

無數白髮
如無數野草的種子
放肆且頑固地
生了滿頭
無奈
蠢蠢然
爬了一臉

回首

那逝去的每一個我
都非常年輕

衰老的
只有現在這個我
凝視中
天空老氣橫秋
窗外的月色
非常古銅

而所有凋零的葉
都以艷羨的聲音
說枝頭的綠
風華正茂

喧噪的夜空
一顆億萬年的星
也不時追憶

億千年時的自己
驕矜的青春

觀樂篇

我喜歡聽中國古典音樂，尤其對作曲家們
能夠給樂曲取那麼美的名字，表示驚奇。
我覺得幾乎每一首樂曲的名字，本身就是
一幅畫，也是一首詩。

魚游春水

當鴨群都在嚷嚷
暖了　暖了
以一種先知的驕傲
我們也順流而下
沒入　破碎的
一溪蒲光藻影中

水波粼粼
我們的鱗片
在初陽裏

泛着銀光
曳尾
爭逐
默默間
塑一種重生的感覺

陽春白雪

相傳此曲
早已不在人間
在人間的
絕對不是此曲

人間
能有幾人
肯不顧眾人的好惡
逕自詛咒
逕自讚美

因而所有的陽春白雪
都不能長留人間
所有的陽春白雪

都很孤單
都很寂寞

且每一闋
這樣的曲子
終將
死於非命

雁落平沙

秋日的天空
是我們的

我們南飛
且自由地書寫
一個工整的一字
一個巨大的人字

西風裏
夢很蕭索
偶爾橫過江渚
竟無意間驚動

客舟中
一個落漠的中年人
以我們
數聲啼叫

原野蒼茫
沙岸遼闊
落下　落下
我們
輕輕的
如片片黃葉

白了
許多蘆葦的頭

出水蓮

是哪一個女孩
以十分古典的聲音
唱
江南可採蓮
蓮葉何田田

歌聲如霧
從翠玉的河水
冉冉升起
卻不見
那個唱歌的人
（曲終人不見
江上數峰青）

因而亭亭的紅蓮
僅能
臨風
照她們清雅的影子

香何處
神話的遠古
何處

餓馬搖鈴

記憶中
也有壯美優美的片段
或負屍沙場

或踏雪尋梅

記憶中
有一次飲水長河
河中
沉一個唐朝的圓月

而如今
梳一頭稀疏鬢髮的
全是西風

腿已痠
力已衰竭
路卻崎嶇而遙遠
草原何在
春天何在

夕陽下
只傳來
聲聲
破碎的鈴語

高山流水

那日之後
琴就碎了
而初次的相逢
頓成永別

再沒有人
會說
峨峨乎
志在泰山
洋洋乎
志在江河

但高山長青
綠水長流
代代傳述着
一個高雅的故事

高山長青
綠水長流

急管繁弦中
你不知我
我不知你
的心

金蛇狂舞

終歸屬於夜
黑黑的　深深的

也許是在天空中
一聲震耳的巨響之後
光來
色來
有蛇一窩　散去
沒入雲的眼

也許是在大海裏
搖蕩　搖蕩
於月正圓時
無聲
卻千條萬條

自伸入水中的指縫
潛走

終歸屬於夜
黑黑的深深的

十面埋伏

項羽
你往哪裏去
我在此
韓信在此

九里山
已被重重圍困
千軍萬馬
已被重重圍困
鼓聲咚咚
刀槍齊鳴

項羽
你降了吧
我在此

韓信在此

平湖秋月

天街也好
湖上也好
此時應是
一樣的月色

一樣的明潔
一樣的淒清
一樣在練達中
透着淡淡的哀愁

怎能平靜呢
那個月
想着淮水東邊
夜深時候
爬過的那道女牆
想着照映千古
不辨龍蛇的
無數石碑

漁舟唱晚

再過去
便是臨江樓
樓頭有纖纖指
把欄杆撫遍

而笛聲
總是幽幽地響
和着漁唱
三聲　兩聲
掠過
一江被晚霞染成血的
微瀾

歸來
惜也有不歸來的
煙波浩渺
人在楚天
哪一頭

管

玉顏憔悴三年，誰復商量管弦？
　　　　　　　──王建〈調笑令〉

之一：簫

在哪裏呢　你
怎麼透過一千層霧
仍看不見
你尺八的身影

但我知道
你總在那兒
總在迷失於霧裏的
樓台之上

對了　總在夜
深深的

且刮着風
且下着雨
且墜着花飄着葉

風聲雨聲裏
無限哀愁
一時都爭着
要從每一個敞開的圓孔
向外流竄

之二：笛

胡琴病了
琵琶老了
鐘鼓死了
只有你
這支橫在牛背上的笛
永遠那麼年輕

何止年輕
而且十分快樂
逢人

便急着訴說
一些美好的事

說早春二月已到
江南的花
又紅又多
江南的水
又綠又長

之三：嗩吶

我知道
你是來報喜的
當你華彩的聲音一響
流竄的霧色
立刻凝聚
成一道彩虹
離家出走的春天
立刻回返
這花紅草綠的大地

而潺潺溪流

也尾隨你
唱它們
忍了一個節候的
歡樂的歌

不知道什麼是歡樂的
只有那個
吹嗩吶的人

弦

弦管，弦管，春草昭陽路斷！
——王建〈調笑令〉

之一：琵琶

相隔多年
嘈嘈切切的琵琶聲裏
總還夾雜着
潯陽江水的嗚咽
以及一個中年婦人
辛酸淒楚的故事

五指如輪
就這麼地轉着轉着
轉得遠處的關山
一時全黑了下來
胡塵滾滾
遮斷半壁天

天都黑了
還能不上馬嗎
也許有一日
夢裏的纍纍白骨
竟奇跡般
變一個歸來的人

之二：二胡

非關病酒
不是悲秋
但是紅泥小火爐上
蒸的不是茶
是苦藥

人和天一樣
轉眼就老了
老而且貧窮
像牆角
一簇沒有人照顧的
野花

黃昏之後
風很緊
葉落繽紛
扶一扇小小的柴門
此刻只堪
喃喃地低訴着
（不對任何人）
雲煙惹出來的往事

之三：箏

我且問你
彈奏這闋曲子的
到底是誰

不是風
那當然
也不會是風在戲弄着的
那一叢修竹
不是簷前的鐵馬
不是簷下
昨夜留下來的雨滴

連泉也不是
泉在空山
且走且測量
自己的歲月

彈奏這闋曲子
在人靜時的
只有那一塘池水
水裏紛紛湧現的
一朵接一朵紅蓮

第二輯

小詩進行曲

夢遊一般，我來到湖南（小詩七首）

沒錯，我是夢遊一般地來到湖南。我到中
國多次，特別是北京、上海，卻從未想到
湖南。結果只因為旅行社的安排，我到湖
南來了，發現這裏跟北京、上海等大城市
的確很不相同。它仍然樸實無華，而且由
於少數民族雜居，總帶一點神秘色彩。

高腳樓

一群鶴
聚在沱江邊
細得不能再細
長得不能再長
的腿
都浸在清涼的水裏

魚兒游去又游來

歲月飄去又飄來
它們
既視若無睹
身體
也懶得動一動

註：高腳樓是鳳凰古城沱江邊最具特色的一大景觀。
　　我把這些高腳樓都比作鶴群了。

鳳凰城的雨

一來到鳳凰城
雨
就跟我捉迷藏

傘收着
雨來了
傘一打開
雨走了

細雨輕輕地　緩緩地
落在沱江上　小船上

打撈垃圾的老人
不經意地
就把雨點一起撈上來

細雨也使我們
把寒衣穿成了
身上另一層皮
有時風從耳邊掠過
把雙耳都凍僵

而我們在告別鳳凰城時
還是親昵地
跟每一絲細雨說再見

夜雨小巷

走進古城狹窄的小巷
我就走進了時光隧道
走進了明清

冰冷的青石板
磬一般的

被蒙蒙的細雨
敲打成一闋闋
陽春白雪

我冒犯的腳步聲
那唐突的伴奏
使寒夜
多了一分淒婉

今夕何夕
今夕何夕哪
問樹影
問暗淡的燈光
都沒有半句回應

湘西趕屍

在開往湘西的旅遊車上
導遊繪聲繪影地說着
我們興味盎然地聽着
神秘色彩濃郁的
趕屍傳聞

到了目的地
我們在導遊鮮紅的旗下
走走停停
旗走我們就走
旗停我們就停

嘿
導遊不就是在趕屍嗎
我們是
他旗下的一群
連白天都出動的
僵屍

山路十八彎

都講好不要追我了
路兩旁那些連綿的青山
卻死纏爛打
亦步亦趨地
追了過來

山路十八彎

車子每轉一個彎

它們都如影隨形

緊緊跟上了

跟得氣喘噓噓

青色的臉

變得更青

連綿的青山

從米豆腐的芙蓉鎮

一直跟到

沈從文的邊城

註：芙蓉鎮也叫王村，以小食米豆腐馳名

訪沈從文故居

沈先生當然不知道

今天到訪的客人

有一個是我

我雜在人群中

聽導遊小姐

面無表情地背台詞
無暇端詳
壁上主人一系列黑白照
更不敢吹散
落滿睡床和書桌的塵埃

卻不忘在離開前
到櫃台前購買
數冊故居主人的書
回溯一番多年前
沱江水聲裏的故事

註：沈從文故居在鳳凰城裏，潺潺的沱江，穿城而過。

十里畫廊

捨棄了小卡車
我們和鐵軌肩並肩
走入畫廊

有春日留下的杜鵑作伴
也有一旁的群山為向導

便忘了十里行程
其實並不遙遠

隨着想象的飛馳
各色人物
各種禽鳥野獸
都次第現形

只不過
你的所見
和我的
並不相同

雲南行（組詩）

玉龍雪山

一條來自天外的巨龍
經受不住寒冽
被凍成一則
美麗的神話

而所有的神話
都必須遠距離地看
漫不經心地聽

聽着看着
已過了千百年
直到那條終於解凍
的巨龍　游呀飛呀
重回天外

註：位於麗江地區有一座終年積雪的高山，雪山南北
　　長東西短，在藍天下，像一條飛舞的銀色巨龍。

麗江古城

在麗江古城
橫街小橋
像網上的蛛絲
窺伺着
陌生人的腳步

絆倒
爬起身來
卻已明呀清呀
進入慢悠悠的古代

也許叩一扇門
應門的人面
嬌艷如春日的桃花

以至於不在乎
是否有涓涓的流水
把自己
牽引出城來

註：麗江古城中有大街小巷成網狀布局小鎮，鎮裏家
　　家流水，戶戶垂楊，如一水鄉。

萬朵山茶

真沒想到這一回
跟我玩捉迷藏的
是玉峰寺的山茶花

牆上照片裏的笑容
儘管無比燦爛
卻一下子
消失得無蹤無影

在初夏的陽光裏
臨風一樹山茶
正以蕭索的枝葉
暗示我
明年春天
要再來一次

註：麗江城北玉龍山腳下有玉峰寺，寺中兩棵合抱的
　　山茶，每年立春後即開花，數達兩三萬朵。

納西古樂

能成為化石
除了三葉蟲與恐龍
還有納西古樂

樂聲悠揚
穿越邈遠的時空
來到二十世紀的麗江
來到一個旅人如我
的耳裏心裏

而那些虬髯飄飄
身着古服的樂手
眼看着
也將隨奏出的旋律
化石起來

註：源於十四世紀的納西古樂是麗江縣納西族高雅的
　　文化藝術，也是雲南省最古老的音樂之一，演奏
　　者多為七、八旬老翁。

訪聶耳墓

不必說
當然是歌聲
把遠隔重洋的我
召喚到這座墓前

高高的山坡
森森的樹林
不管白天或黑夜
想必有無數旋律
在穿梭盤旋

至於海那邊
波浪那邊
也有一支悲愴的曲子
年年月月
為一個早逝的英魂
唱了又唱

武夷四景

景一：玉女峰VS大王峰

大王和玉女
就這麼對望着
日日夜夜
月月年年
地老天荒
互不厭倦

曾經擁有
是人間的事
拔地而起的兩峰
追求的是
天長地久的
愛情

景二：虎嘯岩

一開始
我就隱隱約約聽見
來自天外的吃吃笑聲

當登臨的人
一個個汗流浹背
氣喘如牛時
笑聲尤其響亮

還不就是一塊大石頭嗎
竟這麼玩樂了半天
也折騰了半天

景三：九曲溪

當竹筏一艘艘離岸
一路目送的
卻是禿了頭
和尚未禿頭的群峰

不聞猿啼
只有鳥語和水流
合奏驪歌一曲

碧水丹山的此刻
不知道身邊坐的
是辛稼軒
還是徐霞客

也不知道
目的地
是唐宋
還是元明清

景四：船棺

都幾千年了
懸崖峭壁間一堆堆朽木
還在垂釣
無數仰望的目光
（那一年是蒲松齡的
此刻是我們的）

再高　也碰不到
遙不可及的碧落

靈魂畢竟還是屬於人間的哪
飛昇的夢
都碎成溪灘上
有家歸不得的石頭

卻留下天一般大的謎
讓人們一代又一代
在茶香與筍香裏
試圖解開

註：①在當地人眼中，虎嘯岩只不過是一塊大石頭。
　　②「碧水丹山」是人們用來形容武夷山的詞語。
　　③據說辛稼軒和徐霞客都到過武夷山。
　　④書上說，蒲松齡也到過武夷山。
　　⑤溪灘上碎石無數，一名艄公說，這是武俠電影
　　　經常借用來拍外景的地方。
　　⑥至今還不知道船棺是怎麼放到懸崖上去的。
　　⑦武夷山盛產茶和竹筍。

勝地記遊（小詩五首）

周莊鎮

沒有騙你
只消進入第四度空間
再向後退
就見得到周莊鎮了

小橋流水之外
還是小橋流水
外加無數狹長的小路
風姿綽約的宅院與門樓

小船上魚鷹的靜默
全被喧天的鑼鼓一一震破
彩旗飄揚處
一派節日跳躍的歡愉

離開時
可別忘了帶走
一兩隻香氣四溢的萬三蹄

細細品嚐
從六百年前復活過來的
醬缸滋味

註：① 周莊鎮是江蘇省昆山市一個具有九百多年歷史
　　　的水鄉古鎮，離開蘇州卅公里。
　　② 萬三蹄是江南巨富沈萬三家招待貴賓的名菜，
　　　皮色醬缸。

蘭亭

暮色蒼茫裏
才趕到會稽山陰的蘭亭

你說蘭亭就蘭亭吧
為什麼標榜鵝池的池裏
竟不見一隻白鵝
就不信還有一個王羲之
能用字帖把它們換了去

也不信眼前那一泓清泉
曾有羽觴款款流過
且在暢飲之後飛起
一陣陣吟詠之聲

卻還是紛紛猛按機鈕
爭着留下屬於自己的
鴻爪雪泥

註：① 王羲之是東晉著名書法家，有「書聖」之稱。
　　② 相傳王羲之曾以《黃庭經》向一名道士換取一
　　　群白鵝。
　　③ 相傳王羲之曾與數十名士在蘭亭修禊。他們列
　　　坐水邊，讓盛酒的羽觴從水的上游循流而下，
　　　流到誰面前，誰就得即席賦詩。

揚州

怎麼一來到揚州
連天空都寫滿
詩人杜牧的名字

那麼遙遠的二十四橋
敲鑼打鼓都找不回來
至於吹簫的玉人
顯然早已燒成灰

只好頻頻翹首
望向大街小巷中
每一扇垂了珠簾的窗
看會不會忽然閃出
一兩個不再豆蔻的婦人

註：① 唐朝詩人杜牧寫過不少和揚州有關的詩。
　　② 杜牧詩：「二十四橋明月夜，玉人何處教吹
　　　　簫。」
　　③ 杜牧詩：「娉娉嫋嫋十三餘，豆蔻梢頭二月
　　　　初，春風十里揚州路，捲上珠簾總不如。」

瘦西湖

如果這湖就叫瘦西湖
那麼杭州那個湖
為何又不叫胖西湖

又如果綠肥紅瘦
絲毫不假
那麼眼前蓊鬱的樹
如藍的水
已肥得叫人透不過氣來

也許真個叫瘦的
只有迎風而立的五亭橋了
看它穿得一身紅彤彤
就瘦得連周遭的百花
都不知道什麼叫豐滿

註：①人們把揚州的西湖，管叫做瘦西湖。
　　②李清照的詞《如夢令》有句：「知否、知否，
　　　應是綠肥紅瘦。」
　　③白居易詞《憶江南》：「春來江水綠如藍。」

遊千島湖

像別人一樣
千多個島
只拜訪了幾個

就厚顏地說
我到過千島湖了

這件事
見過我的島
是不是會轉告
沒見過我的哪一些

湖中巨大的包頭魚
是不是在議論紛紛
遊輪上悶熱的天氣

而我在遊輪上憑欄
想和朵朵白雲比賽
算飛鳥的數目
卻總是算成了
一脈連一脈的青山

黃山與我（小詩十六首）

一

詩人嚴陣要我
多跟黃山說話
但我見到黃山時
竟成了啞巴

二

我和黃山見面
不必事先安排
窗一開
黃山就走了進來

三

我在哪裏
黃山怎麼也看不見
不在石後
不在松樹前
我在虛無縹渺間

四

昨夜我累極
一定鼾聲如雷
真不好意思哪
黃山就在窗外睡

五

黃山
我只見到你
區區四分之一

春夏秋冬
你我相逢
只在百花爛漫的春季

六

白玉蘭花
是黃山的眼睛
一閃一閃
傳達了
黃山對我的深情

七

經過小溪
黃山叫住我
向我提出抗議
旅舍啦　店屋啦
使我認不清自己

八

黃山　黃山
寫的是大塊文章
我在一座峰頂朗讀
群山的模樣

九

我無法向你形容
黃山的模樣
我只能說
見到黃山
你我都成了負心郎

十

我在高處叫喊
黃山　黃山
你在哪裏

黃山默默無言
它的回答
全由呼嘯的風代替

十一

禁不住
要責怪黃山
它誘惑了我
不顧登臨的艱難

十二

整個黃山
我可買不起
於是我把山上長的
香菇　靈芝　茶葉
——裝進背囊裏

十三

從黃山的背脊上去
從它的胸膛下來
從胸膛下來
我才見證了
黃山真正的丰采

十四

黃山把自己放大
把我縮得很小
我是一粒沙
從山頂滾到山腳

十五

到了黃山腳
我就不是仙
我從天上
來到了人間

十六

我想
黃山與我
很難再見面
歲月老了我雙腿
黃山依舊少年

沙的世界（小詩三首）

一、沙湖

穿過初生的蘆葦
碧綠的湖獻給我們的
是茫茫一片沙漠

心想　用利剪一剪
就是天空的裙襬了
在鈴聲的帶領下
駱駝隊漸行漸遠

歡笑聲裏
仍然疑真疑幻
自己竟也是
坐在駱駝背上
其中一人

二、沙坡頭

這一邊是沙丘
那一邊
就是波濤滾滾的黃河了
看見黃河
豈不等於看見
生命的源頭

拿河邊的碎石作水漂
只表示頻頻
向原始的母親問好
穿上救生衣
在羊皮筏上漂游
是對她的親呢與依偎

可惜喧囂聲裏
誰聽得見
形同來自古遠的
我回來了　我回來了
的呼聲

三、響沙灣

不響的風響了
誰都覺得平平無奇
不響的沙響了
誰都驚駭萬狀

於是響沙灣
成了個旅遊點
把一大群旅人
從四面八方引來

在旅途中（小詩五首）

索橋

索橋想的是
可憐的江水啊
你到底得乖乖地
從我胯下流過

江水慢悠悠地流
只知道頭頂
是一片不知有榮辱的
藍天

九寨溝印象

真說不清
那珍珠寶石般
無數的潭子

是繼續藏在深山裏好呢
還是出來
站在世人面前

只知道
不管什麼世外桃源
最終都將幻成
人間一個
鞋聲人語雜沓的
　　旅遊勝地

九鼎雪山

前面那座雪山
一副顢頇
好商好量的樣子

只是怎麼勸
都無法勸他
把頭上那頂白帽子
拿下來

岷江

夏天的岷江水
一見到攔路
的巨石
便繞道而行

很想追上一朵浪花
問它的名
哪知迎面又滾滾湧來
來不及回話的浪陣

樂山大佛

我是岷江
在水聲潺潺裏
望着法相莊嚴
端坐千年的大佛

心想
如果大佛站起身來

背後的山
還能屹立不動嗎

馬六甲懷古（組詩）

老街

我們的汽車
在彎彎曲曲
狹狹窄窄的街道上
蛇行

迎面
一輛來自第四度空間
的牛車
因為閃避不及
撞了過來
一時人仰馬翻

時間的碎片殘骸
跳了滿地

古城門

古城門外的銅炮
竟忽然間
轟隆隆作響
而且火焰衝天

我奔走驚告
最後停下來　問
你聽見了嗎
你聽見了嗎

久久
沒有回音

這也難怪
我問的
是城門上面兩尊
面目模糊的雕像

註：葡萄牙人於公元1511年佔領馬六甲後，留下了目
　　前這個殘缺的城堡。

葡萄牙村

葡萄牙人和馬來人
代代通婚
直到他們的後代
再也沒有了
祖先的影子

代代
他們撒網
唱日出和日落的歌
且眼看着
飢餓的灌木把沙吃了
使沙灘
一再變灌木林

這一切
山一般躺在海裏的
孕婦

都見證了
卻默默無言

註：從葡萄牙村的海邊，可以清楚地望見孕婦島。

三保井

下西洋的三保太監
是否真的
喝過這口井的水
當年這口井
是否這個模樣
能寫一篇博士論文

疑惑的目光
通過井口網狀的鐵蓋
往下墜落
好不容易
才被黑不溜秋的水面
接住了

井旁一棵
也許和井一般年紀的
楊桃樹
仍然開着
小得曖昧的花
結着酸得遙遠的果

聖保羅山

我站在聖保羅山上
眺望馬六甲海峽

千帆過盡
帆帆都運載着
香料和珠寶
而它們的故鄉
都在爪哇和蘇門答臘
阿拉伯和印度
和以明為朝代的中國

至於歐洲
卻在茫茫煙霧之外
在閃着銀光的
海水盡頭

美好的一切
使我覺得極須祈禱
對上帝感恩

我
是中世紀
金髮藍睛
一名虔誠的傳教士

紅燈籠

陰曆十二月未到
各間商店大門口
就掛起燈籠來

紅紅的小燈籠
像巨型的糖葫蘆

在沒有季節的風中
搖蕩又搖蕩

於是人的心
也紛紛
搖蕩又搖蕩起來

在另一些地方
即將掛起的
是紅彤彤的布條
搖蕩的
也是渴望節日降臨的心

古老的傳統
不管生長在哪兒
紮根在哪兒
都一樣美麗

小詩進行曲（小詩十首）

小序：
在我眼裏，一首小詩，就如同一個兵；若
干首小詩在一起，就成了一個軍團，列好
隊，邁步向前走。

書籤

一雙手
把一張書籤
夾在書裏
便不再
把書打開

發了霉的書籤
在黑暗中
苦苦等待
苦苦
等待

海枯石爛
光明
不曾到來

友誼

友誼是一輛公車
在人生的旅途中走着
上來一些人
下去一些人

下去一些人
上來一些人

拾貝殼

別拾貝殼啦
拾了
遲早要丟掉

不是今天
就是明天
丟掉

不是在這裏
就是在那裏
丟掉

方形西瓜

你好嗎

好什麼
都變怪胎啦

李白

三歲的孫子
不知道誰是李白
白髮蒼蒼的我
也趕不上
見李白一面

但是公孫倆
能一起沐浴在

李白霜一般的月光裏
並且同遊
他那個遙遙遠遠
模模糊糊的
故鄉

緣盡

一片雲
頭也不回
離開了蔚藍的天空

一陣黃葉
沒有歎息
飛落土地上

一朵花
靜悄悄
向小溪的一頭流去

風與旗

風中有旗
獵獵作響

是風對旗說話呢
還是旗
對風訴情

端午節

集體捆綁
並投入江中的私刑
已執行千載
卻不聞
擊鼓鳴冤的聲音

橡皮

但願有一種東西
像童年書桌上

一塊橡皮
不管什麼錯誤
一擦
就乾乾淨淨
可以從來

笑譚

一生說過許多話
經時間一過濾
都成了笑譚

這些笑譚
只宜在無人處
讓自己
偷偷聆聽

捕蝶記事（小詩十首）

捕蝶

高舉着網兜
在田野上奔跑
想捕捉
一隻彩蝶

投入的
竟是一首斑斕的小詩

場面

同是壯烈的場面
一條魚
游向深海
一隻鳥
飛向長空

一個人
走向江湖

羅布泊

羅布泊
一想起紅花綠草
不禁悲從中來
要放聲痛哭

卻始終
擠不出一滴淚

註：曾是中國一條水草豐饒的大河，現已乾涸，只留
　　下遺跡讓人憑弔

景觀二則

寒夜的蒼穹
把點點星光
作為它的糧食

冬日的大地
伸出無形的雙手
承接飛墜的雪花

謝夢

這一點
得感謝夢了
一次又一次
它讓我們贏取
冷汗流畢的
慶幸

假牙

分明
是你在吃

不
是你在吃

好了好了

是我們在吃

恐龍

所謂恐龍
既不恐怖
也不威風

它只是一架架
被發現了
就一一展示
讓人品頭評足的骷髏

終點

終點
是一種地方
在那裏
或者展示着
獎盃和錦旗
或者裝飾着
碑石和鮮花

彩色玉米棒

雖然膚色不同
卻緊緊地
團結在一起

這就叫
種族和諧

磚牆

清晨我走過磚牆
聽見一塊磚說
早安　我在這裏
另一塊磚也說
早安　我在這裏
然後七嘴八舌
所有的磚塊一起喊
早安　我們都在這裏呢

新加坡植物園十詠

小序：

不久前，新加坡植物園慶祝它150年的生
日。也許有一天它會成為世界性的文化遺
產；屆時，它將更加受世人的矚目，到這裏
來一瞻它的風采的旅客，數目肯定會大增。
遙想多年前我上班的地方就在它附近，所
以幾乎每天早晨，都抽空到這裏散步，聞
花香，聽鳥語，呼吸新鮮空氣。

而現在，它除了有上述的好處之外，它的
內容，可說比以前豐富美麗得多，簡直到
了令人流連忘返的地步。不信的話，不妨
找個機會去看看。

最近，我與它久別重逢，驚艷之餘，遂寫
了這十首讚美詩，算是作為送給它的生日
禮物。

一、進化園

怎知道
才拐個彎
我們就進入
那個久遠的莽荒年代

再喋喋不休的生命
一時都幻化成
默默無言的石頭

我們在黑褐色的石頭裏尋找
恐龍和三葉蟲
都聽過的故事

卻看見大小高低的蕨
把半個園地佔滿
且頻頻逼問我們
當世界一片青蔥時
你們在哪裏

二、熱帶雨林

小小的雨林裏
綠色的侏儒和巨人
都有自己生命的樂章

它們有的在地上爬
有的抓着別人的身體
竭力向上攀登
有的時刻和頭頂的雲
高談闊論

雨來了
雷響了
它們互相掩護
成了個
親密和諧的大家庭

三、迷宮

後來才知道

植物園
原來是個大迷宮

穿過薑園
是棕櫚谷
走完九重葛的聚居地
再越過熱帶果園和竹林
是雞蛋花爭艷的舞台

幾次三番
迷宮讓我們迷了路
一旦找到路
卻遲疑著
不願意立刻就出來

四、音樂台

音樂奏起時
草地上
斜坡上
都坐滿躺滿了人

音樂奏起時
連草兒花兒都在聽
每一棵高的矮的
胖的瘦的樹
都聚精會神在聽

要不然
當風問起演奏的事
該怎麼回答

五、蟬鳴

這裏的蟬
平也鳴
不平也鳴
晴時也鳴
雨時也鳴

鳴着鳴着
花就開了
草就綠了
遊人就駐足了

各處的池塘呀小湖呀
就涼起來清澈起來了

所有的樹
都靜悄悄地長高了
差一點
就刺破藍天

六、植物圖書館

草草花花
都明白這個道理
天地無涯
時間無涯
而色與香有涯
生命有涯

因而都爭先恐後
把自己
變成一本本精美的書
變成框框罐罐的標本

在有心人的鑽研裏
尋求永恆

七、溪流

潺潺的小溪
從林深不知處流來
流來
也不管一路上
要翻過多少
阻三阻四的亂石

要是王羲之還在就好了
他會呼朋喚友
把酒杯放進水裏
然後賦詩

八、黑天鵝

每回到湖邊
黑天鵝都匆匆游過來

一再地告訴我
它們的老家是澳洲

我說
我知道　我知道
並且把麵包屑
全分給它們
看得旁邊饞嘴的魚群
目瞪口呆

九、水簾洞

一匹小簾
把小小世界分成兩邊
一邊艷陽炙膚
一邊涼意襲人

我滯留在涼風裏
遙想西遊記的花果山
和追逐起哄的猢猻

十、胡姬園

剎那間
所有的蝴蝶
都聚到這裏了
而且和諧相處
不在乎彼此的膚色
或者種族

卻有幾隻好事的
頻頻打聽
今天又有誰
被賜予
貴客的名字

我是平沙，詩是落雁（小詩十首）

一、鏡子

孫兒說
圓圓的鏡子是月亮
因為媽媽說
月亮是圓圓的鏡子

兒子說
鏡子是心
要常拂拭
才能保持潔淨

我說
鏡子是鏡子
是玻璃做的
破了
用強力萬能膠
也粘不回來

二、預言

我在乎預言
它曾使我心驚膽跳
徹夜難眠

地球不在乎預言
憑這一點
它仍在大氣中遨遊
直到今天

三、翻找

我在古屋一角
在滾滾塵埃中翻找
想找出一絲半絡
失落的青春
以及童年

卻意外地虜獲
完完整整

沉沉重重的
一生

四、沙堡

明知道潮水要來
（也許在午夜
也許在天明）
沙堡
還是要堆砌
要雕

能堆砌多高就多高
能雕多美就多美

到時候
看着沙堡坍塌的
不是我
是我背後
另一些人

五、刮

拿起刮鬍刀
嚓　嚓　嚓
我把叢生的鬍鬚喳子
一一刮去

也想刮去
春草般叢生的歲月
卻怎麼也刮不去
怎麼也
刮不去

六、買書贈書

因為愛書
你急急忙忙地買書
買了一架又一架
一櫥又一櫥

因為愛書
你急急忙忙地贈書
贈了一疊又一疊
一箱又一箱

一買一贈
便成就了
急急忙忙的一生

七、人散後

陽台上
一張桌子
數把椅子
茶壺是空的
杯是涼的

夜也是涼的
一彎新月
如鈎
搖晃搖晃
差一點
就掉下來

八、彎

又是握手
又是擁抱
又是猜拳
又是舉杯

轉一個彎
卻成了陌路

好大好大
好脆弱好脆弱的
一個彎哪

九、回到從前

忘了一首歌
就回不到從前
失去一雙耳朵
就回不到從前

找不到一個地方
就回不到從前

而從前
在不可及的遠處
頻頻地
戲謔地
向我揮手

十、停格

某日某時
在泳池一角
看着一群健兒
發愣

停格

水花四濺裏
竟赫然發現
多年前
自己的身影

投十石於湖中（小詩十首）

石一：海浪與人

隔着一道堤
一邊是海浪
一邊是人

人看海浪
總是年復一年
轟轟烈烈湧起的
千堆雪

海浪看人
卻是一代又一代
永遠陌生的
新面容

石二：捏泥

時間是泥
你有他有我也有
你捏他捏我也捏

你捏成手上的金剛鑽
他捏成頭頂的光環
我捏呀捏
捏成晝伏夜出
不值一文的
貓頭鷹

石三：年輪

就說樹吧
抽芽　　茁壯
到可以遮天蔽日
需經歷多少風風雨雨
電擊和雷轟

午夜夢迴
年輪一圈圈
仍旋出
按捺不住的
心驚膽戰

石四：變臉

學變臉
何必千里迢迢
到四川

你我身邊
有不少人的臉
都能
說變就變

石五：星的名字

我指着一顆星
興奮地喊
我認識你　我認識你

星一臉狐疑
好
你先說說看
我
叫什麼名字

石六：鴻的爪

落下之後
鴻的爪
這裏抓一抓
那裏抓一抓
無非想
留下更多印痕

卻驚覺
沙地是如此遼闊
它的爪
只有一對

石七：相忘

魚和魚
能相忘於江湖

馬兒在草原
我在鬧市
我們不也能相忘
於人間

石八：雨

雨落在河上
悄無聲息

雨落在殘荷上
如訴如泣

雨落在器皿上
戰鼓齊鳴

雨落在我心上
成了一首由我編曲
也由我指揮
的歌

石九：黑霧

撥開濃濃的黑霧
一心想窺見
亮眼的花花草草

霧散了
湧現的
是刺眼的兩個字
滄桑

石十：壁鐘

指着一張泛黃的
照片裏的人
我說
這是三十年前的我們

首先你笑了
接着哭了
隨後我們相擁
哭成一堆

身邊的壁鐘
這時默不作聲
也面無表情

雲卷雲舒集（小詩十首）

星光

夜裏
我靜立窗前
遙望長空

總有一兩點星光
在大氣中穿梭多年
最終落在我臉上

接力

看見你氣喘吁吁
從世紀的另一端
馱着滿身的風雨
跑了過來

我知道
在你倒下前
總有人
把你手中的棒
接了過去

蟬鳴

我終於明白
蟬
為什麼叫個不停了

在泥土中困守多年
一出來
不發洩一下才怪

醉

我知道了　我知道了
什麼叫做醉

它是有時美麗
有時不美麗的
瘋狂

蝴蝶和花

蝴蝶和花的差別
其實只有一個

蝴蝶能飛
花
不能飛

樹根

我是土地

當樹根入侵時
我應抱什麼態度呢

是被冒犯的慍怒
還是受親近的欣喜

化妝

才分手
我們
便各自向四面八方
躲藏起來

為了數十年後
再相見時
以一張似曾相識的臉
狠狠地把對方
嚇一大跳

箭

向逝去的歲月
發射一支箭
嗖　嗖　嗖
箭無蹤無影

向未來的日子
發射一支箭
噹的一聲
箭立刻回彈

夢

我們
同做一個夢
兩極的冰山都融解

我們的床
化為一葉扁舟
漂流在
熱浪騰騰的大海

遍尋
啊
不見彼岸

老

人老
實在不好
早知道
我不要老

人老
其實很好
時間一到
偷偷溜掉

落葉軒的落葉（小詩十首）

第一片：落葉

既是樹葉
秋天來時
總要凋零

不是這一片
就是那一片

不是今天
就是明天

第二片：風鈴花

風起
風不起
熟透的風鈴花

雪一般的風鈴花
紛紛離枝
飄落

或瀟瀟灑灑
或扭扭捏捏
或仰天長嘯
或淚眼滂沱

風歇
風不歇
雪一般的風鈴花
都着地
等待化泥

第三片：一片黃葉

我在樹下沉思
眼前金光閃閃
飄下
一片黃葉

葉面斑駁
蟲嚙痕處處
卻妙趣橫生
充滿缺陷美

抬頭望天
頓悟
大自然
選擇了這種方式
跟我打招呼

第四片：墜果

終於到了
這樣的時刻

夜深人靜
一顆果實
熟透或不熟透
來得及或來不及
說再見
便碰的一聲

墜
落

擊中了
大地的心臟
我的心臟

目擊這一幕的我
正掛在另一高枝
搖搖欲墜
搖　搖　欲　墜

第五片：香

聞到嗎
空氣裏
一陣陣濃香

抬頭望
是一窩青龍
在風裏輕輕搖蕩

低頭看
是細細碎碎
一地的黃金

註：作為街道樹之一的青龍木，一到了花季，則落黃
　　遍地，異香隨處可聞。

第六片：曇花

如果不是一現
即頹然凋零
曇花
就不是曇花了

在燈火闌珊的夜
我們又怎麼會
以愛恨交替的眼神
面對一朵兩朵
且開且謝的白花

第七片：落地生根

何須落地呢
夾在書頁中
細細的根鬚
已從齒狀的葉緣
伸出　伸出　伸出

黑暗裏
好一片響亮的
掙扎求生的
呼喊

第八片：韭菜

不是春天
也無需夜雨

我家的韭菜
時時刻刻

都義無反顧地
把伸長的頭
迎向
我的剪刀

註：唐詩有「夜雨剪春韭」句。

第九片：仙人掌

想不通
你滿身長刺
是自己的意願
還是造物者的安排

反正你拒人
於千里之外
我也知趣
決心站在
只望得見你的地方

受傷

不管在手或在心
都十分難受

第十片：小草

它醒來時
才驚覺
自己是一棵小草
卑微　可憐
抖嗦在大樹的陰影下

可以就這麼自怨自艾
活到成為牛馬的美食
也可以面對秋雨春風
且在艷陽中搖曳
如大海中一尾
不被發現的魚

從拔河到戰爭（小詩十首）

一、拔河

日子要走
義無反顧
我執意想留住他
我們拔河

才幾回合
我已撲倒在地
敗下陣來

抬頭看時
日子
消失無蹤

二、星

有沒有做過
這樣的夢

自己是一顆星
出遊時
不小心
掉進時間裏

四週一片迷惘
誰
也找不到誰

三、帶走

帶走
是極大的奢望

整個春天
你能帶走幾朵花

整個秋季
你能帶走
幾片喋血的紅葉

終於決定
把一切
都留下

四、寫真

所有的目光
都集中在
它的器官上

是那樣巨大
那樣紅
靠近時
還聞得到
一股濃濃的異香

花嘛

五、煙幕

你以為我是一朵花
不　我是一隻
守望中的螳螂

你以為我是一片葉
不　我是一隻
歇息的蝴蝶

你以為我是一段枯枝
不　我是一條
甜夢方酣的蛇

我們都把自己
隱藏
在大自然的懷抱裏

既懦弱
又充滿了
殺機

六、年輪

一棵默不作聲
也不走動的大樹
其實非常忙碌

它用年輪
記錄着
一生中
與風雨雷電
交戰的經過

七、回頭

回頭時
才更清晰地
看見當年的風景
且知道選擇的
是一棵草
還是一朵花

草也好
花也好
石頭沙礫也好
都不回頭

你回頭
歲月不回頭

八、園中

葉落
我歎息

花飄零
我流淚

果實墜落
種子歡呼

九、樹的方式

知道樹的示威方式
抗議方式嗎

是這樣的
根和枝丫
指向藍天
葉子和花朵和果實
狼藉一地

十、戰爭

歲月和我的戰爭
場面
十分慘烈

日月無光
血流成河

幸而河
最終
流成斑斑的歷史

生命的輪盤（小詩五首）

金：月光

生命的輪盤一轉
就轉到了童年

童年中有一夜
白花花的月光
把被窩裏幾張無邪的臉
都引了出來

無邪的臉
用不能複製釣親情
對着當窗的月光
地老天荒地眺望

水遠　山長
花開花落之後

即使踮起腳跟
便再也望不到
那夜窗外的月光

木：長大

草在長大
樹在長大
牛羊在長大
人在長大
負載這一切的土地
在長大

連月亮和太陽
和無數的星星
都在長大
然後衰老

不要問草和樹的名字
不要問牛羊的名字
不要不要
問人的名字

水：故事

能見到苞蕾就滿足
轉眼連花都開了
也謝了

種子要是長得成幼苗就好了
幼苗長着長着
就變成大樹了

怎麼等也等不到海枯石爛
有一天海也枯了
石也爛了

有一天地也老了天也荒了
說故事的人
沒有留下來說故事了

聽故事的人掌着燈
搖搖擺擺
回各人的家去了

火：老去

終須老去
或者在春花秋月中老去
或者在蟬噪蛙鳴中老去

書聲琅琅
老去的是鬢髮皤然的書生
烽火熊熊
老去的是醉臥沙場的戰士

跳進歸舟
人在舟艙中老去
躍上駿馬
人在馬背上老去

以一葉障眼
葉與眼與人俱老去
濯足復振衣
人與水與山俱老去

就什麼都只有一點吧
人在點點滴滴中
次第老去

土：盡頭

那一葉小舟
衝破層層波浪
行行重行行
終於也到了
海的盡頭

一來到海的盡頭
這裏的我
便什麼都記不起了

那一朵雲彩
在風的慫恿下
飛飛重飛飛
終於也到了
天的盡頭

一來到天的盡頭
這裏的我
便什麼也說不清了

懷舊組詩（小詩四首）

之一：老家

她的老家
到哪裏去了呢
我找了又找
都沒找到

它原本就在那兒
我知道
在眾鳥高飛那個地方
兩個池塘裏魚兒競游
幾棵果子樹
一站就十年八載
小小一條紅泥路
繞過它身邊

不在也好

要不然
那麼多高樓的影子
準會把它的棟它的樑
它的亞答屋頂
一起壓碎

之二：茶烏五分

一棵青龍木
用垂掛下來的濃蔭
把什麼都隔開了
噪音　塵埃
還有毒日

而我們就在樹底
圍著一張傷痕斑斑的木桌
數各自的雲
說各自的夢

渴了
漫喊一聲
茶烏五分

沒有助手的攤主
便捧着半杯熱騰騰的往日
慢條斯理走過來

之三：船都走了

肩拼肩
天天站在河邊的
那些店屋
那些樓房
現在
有什麼熱鬧好看呢
藍藍的水　抑或
水裏白白的雲

船都走了
所有大大小小的船
都走了
而且不再回來
一種時代
不再回來

之四：路

我的祖父母
甚至我的父母親
都沒走過像我的
這樣的路

路的兩旁
亞答屋倒了
磚屋倒了
椰樹香蕉樹紅毛丹樹
倒了
而高樓大廈
很神氣地站起來

刷　刷　刷
一聲又一聲
汽車天橋穿了過去
快速公路穿了過去
地鐵列車穿了過去

我和同行的人
都張大眼睛
問路的盡頭是什麼
我的祖先都答得出來
我
答不出來

五老篇（小詩五首）

青春與美麗
從他的字典裏出走
孤獨的老人
剩下的
只有點滴的智慧

之一：老樹

是否做過白日夢
是否在雨打西窗時
徹夜不眠

是否有過喜怒哀樂
是否在數十年的歲月裏
有過訴不盡的滄桑
有過記憶
有過難忘的往事

圍牆已坍塌
一棵老樹
迎着刺骨的寒風
向另一棵老樹
提出這些問題

之二：老街

牆隙與屋角
大大小小的青龍木
又隨着歲月的流逝
長出新的根鬚

破損的路面
彷彿隱隱露出
當年孩童們畫的
各種幾何圖形

若干稍微傾斜的舊屋
都互相扶持着
想以坦然的心
走最後一段路

之三：老照片

蒙塵的　褪色的　發霉的
老照片
躲在一本
百孔千瘡的
相簿裏

笑不曾退隱
哭不會長大
貪嗔癡
餵飽了一家族蠹魚

總想問
時間是怎麼流逝的呢
對着老照片
看了一回又一回
　　　一張又一張

之四：老人

水的活潑沒有了
山的壯健消失了
青春與美麗
從他的字典裏出走
孤獨的老人
剩下的
只有點滴的智慧

而智慧
是要慢慢累積的

讚美的掌聲啞了
求索的手縮回去了
燈的背後
貼牆的　伏地的黑影幢幢
寂寞的老人
不能再放棄的
只有零星的尊嚴

而尊嚴
是要自己去爭取的

之五：老家

既是鄰近的又是遙遠的
既是渺小的又是偉大的
既是熟悉的又是陌生的
既是親暱的又是疏離的
既是熱情的又是冷淡的
既是永世銘刻的
又是隨時可以忘卻的

把這些集中起來
加加減減
又乘又除
得出的答案
哈
就是老家

我把城市讀成詩（小詩十首）

小序：

目前在中國大陸，名氣如日中天的易中天教授，著作等身；其中有一部作品，叫《讀城記》。讀此書，知道這位大作家對中國各大城市如北京、上海、廣州、廈門等觀察之細微，瞭解之深，行文之流暢，談吐之詼諧。他說過兩句話：「城市是一本打開的書，不同的人有不同的讀法。」又說：「說起城市，差不多每個人都有一肚子的話要講。」此言不虛。我對城市，也有不少話要講，要讀。我把它讀成一首首的詩。

吸煙區VS非吸煙區

涇渭分明
河水不犯井水

一陣風
卻亂了大局

你肺裏有他的煙
他肺裏有你的煙
我肺裏有
你們大家的煙
而且是致命的

二手煙

步行街

街
是一切車輛的
競技場

街
是不屬於行人的
行人的街
叫步行街

沒有了步行街
城市
也許就不是
繁華興旺的城市

無障礙設施

現在
組屋與組屋之間
我們看見了彎彎曲曲
高高低低的過道

輪椅
手推車
購物車
都可以通行無阻

於是我們
也看見了富有
看見了文明
看見了平等
和人權

街頭賣藝

當街頭的賣藝人
不舞刀弄槍
不敲鑼打鼓
不割肉殺嬰
這個城市
就脫胎換骨了

同是賣藝人
口裏唱的是
隨風飄蕩的歌曲
手裏拉的是
悠揚悅耳的樂章

賣藝人
以多彩高雅的演出
提升了
城市的格調

地鐵列車

所有的交通工具
是我們
另一雙腿

地面上
最健壯的腿
是地鐵列車

轟隆隆
我們來了
轟隆隆
我們去了

時間
距離
有了新的意義

手機

手機是寵物鳥
你一隻
我一隻
一天到晚
唱着主人熟悉的
動聽的歌

手機是海洋
我們
不管男女老少
都沉浸在海洋裏
離開它
日子
不知怎麼過

臭氧層

似乎臭氧層
只見於城市上空

到了鄉村
就不存在

它好比是一件舊衣裳
多年前就破了
現在
鶉衣百結

而且誰幹了
不環保的事
要縫合
只能用無形的補丁

這時走在藍天下
連透一口氣
都很緊張

敵人

城市比鄉村
更多敵人

一個是疾病
千方百計
要減少人口

一個是噪音
要把一些人
變成聾子或瘋子

一個是污染
從天空到土地到河流
到我們的血肉腸胃

以便看着城市自己
轟然一聲
倒下來

開放

一個城市
其實是
一個很大很大
神奇的布袋

一打開
什麼新奇的事物
都湧進來了

看一看
最壯觀的
是說不清是禍是福的
汽車

廢物循環

越繁榮的城市
廢物越多

廢物無家可歸
污染了城市

再循環
給廢物
找到了家
找到了節約

教養和文明
找到了
人民行為的成熟

新聞用語衍生的詩（小詩十四首）

全球化

那人一個噴嚏
弄得我滿臉滿頭的
唾沫星子

老天爺保佑
他不是傷風

救市

援助金來了
咱們大伙先找個渡假村
喝酒去吧

金融海嘯

這些日子
人們見了面
有新的打招呼方式

喂
你還剩
幾根手指

難關

要渡過難關
只好束緊腰帶

卻聽見
救命哪
快來快來
我的腰斷了

風險

不是說
投資沒有風險嗎
那麼我的儲蓄呢
我的血汗錢呢
我的棺材本呢

理財顧問

我來帶路
一直往前走
對了　一直
往前走

天呀
前面
是無底深淵

結構產品

這是什麼玩意兒
我也不知道
反正是可以吃的

吃了
瀉肚子
消化不良
一命嗚呼
是你的事

苦主

我們的苦楚
該向誰傾訴呢
向大海　向太陽
還是向長天

大海在逃
太陽避不見客
長天說不關他的事

我們的苦楚
該講給誰聽呢

迷你債券

我只知道迷你裙
還有迷你市場
不知道
什麼是迷你債券

卻把畢生的積蓄
都買了它
我的錢包迷你了
我的日子迷你了
我的生活迷你了
我的未來迷你了

放心

你放心好了
你連銀行都信不過嗎

你放心好了
銀行的職員會騙你不成

我把心放下來了
這一放
竟沉入水底
再也找不到

性騷擾

那日之後
滿樹的花
都驚慌失措
她們一次又一次地
遭遇了狂蜂浪蝶
恣意的來犯
且一時也分不清
哪一隻蜂
哪一隻蝶
在哪一朵花上
結一個他日的果

盲流

一聽說西邊的天更艷麗
出發的機會一來
便相偕向那里飛了
一路上
來歷不明的風
盡傳播着
介於可靠與不可靠之間的
號外消息
結果天急速暗下來
擠得滿身臭汗的雲
一朵朵　一堆堆
不知所措

版本

有關落葉的歸宿
竟陸陸續續
傳出了三個版本
一個是長溝以古道熱腸

送它到茫茫大海
一個是多事的風
害得它流落街頭
一個是它早已化了泥
只因不慎聽了蟬們
一句富有禪意的話

備忘錄

庭院裏那棵
廣被誤為曇花的瓊花
一個晚上
就點了三盞
白得眩目的日光燈
從屋頂上飛過的
一群候鳥
清清楚楚地許下諾言
一過了冬
大伙兒就回北方去
牆角一隻大蜘蛛
織網
已經織了大半天啦

它聲稱
明日一早
任務必能完成
一群落葉為了
嘗試飛行的滋味
蕩得比煙囪還高
怎麼威脅利誘
都不肯下來

一組和人體有關的詩（小詩七首）

站着與倒下

都是這麼站着

有的人站成一柱路燈
有的人站成一尊銅像
也有的人站成
一座萬古常青的山

都是這麼倒了

有的人倒成一棵樹
有的人倒成斷壁殘垣
也有的人倒成
一條奔流不息的長河

挑器官

把全身
都攤開來
任人挑

獐頭鼠目
尖牙利齒
立刻被拿走了

剩下的是
忠肝義膽
俠骨柔腸

臭皮囊

不管如何不滿意
這個臭皮囊
都不能一丟了之

提着的心
吊着的膽
牽着的腸
掛着的肚
全在囊裏哪

變色的心

紅紅的一顆心
藏在胸腔內
有一點不好

一旦變黑了
不只別人
連自己
都不知道

輕重

他的耳朵很輕
謠言一來
就被吹走了

這時我的心
變得很重
急速往下沉

跑

經歷一場暴風雨
她把他的雙腿
局限在視線之內
以防它們突然遁逃

卻沒料到
他的心
毫無形跡地
跑得更快

一見

我的視線
越過你前額的荒原
且在眼睛的探照裏
溜下鼻樑的滑梯

直到跌入雙唇的軟墊
才停下來

這就夠了
我的佳人

禪之蟬（小詩三首）

其一：噪蟬

土中昏暗的日子
一過
已好幾年

往後數天
要是不餐風不飲露
不泣不訴不歌
就太遲了

天空啊
把你的藍
都給了我吧
樹林啊
把你的綠
都給了我吧

時間啊
把一整個懶洋洋的下午
都給了我吧

每一個蟬
都唏哩嘩啦
如是說

其二：蟬在哪兒

季節的風一吹
把蟬聲
也吹起來

那麼
蟬在哪兒呢

當然
它就躲在
螳螂眈眈的目光裏

其三：蟬聲的由來

如果連蟬聲的由來
都必須問
那麼我們豈不也該問
爛漫春花
是怎麼來的
排闥送青的山與樹
是怎麼來的

(潺潺溪澗
滾滾江河
怕被追問
都頭也不回
匆匆流走了)

園中覓句（小詩七首）

種子

陽光有了
雨水也有了
一顆種子
居然不願意發芽

它一而再地問
萬劫不復
那麼我是第幾劫呢
今生今世
我是第幾劫呢

鳥語

聽了大半天
才聽懂

籠中一隻鳥兒的話

救命哪

兩棵樹

觀察庭院裏的兩棵樹
觀察了很久很久

我的發現是
它們彼此
都聞得到花香果香
卻老死
不相往來

愛情樹

為了永恆
我抓住你的手
在小樹上刻了一顆心

歲月長大了
樹也長大了

樹上的心
支離破碎

布袋蓮

就這麼
攜着布袋
順着水流
浪跡天涯去了

是否偶爾會回頭
望白雲深處
那個曾經有過的
家

蔓陀羅

如此巨大一個喇叭
一吹起來

除了眾生
佛陀
第一個聽見

水燭

從水中鑽出
滴水不沾身
這種表現
是應該喝采的

而且大白天也點
沒有喜慶時也點
又不在西窗
不昏羅帳
不流淚到天明

只任由蕩漾的水波
把它直立的影子
頻頻打碎
頻頻　打　碎

海天線廿五詠

一

海與天的曠世情誼
豈是這一劍所能了斷的？

二

天是否早就存心
和海劃清界限？

三

想一手一邊
牽起來打一個蝴蝶結。

四

我知道在地球的另一端，
就能找到相交點了。

五

波浪洶湧澎湃
怎麼線還是直的？

六

若即若離的意思
原來就這麼簡單。

七

拔河的人，
都躲到哪裏去了？

八

我也說不清
是百鍊鋼還是繞指柔。

九

孫悟空，
你又在耍金箍棒的把戲嗎？

十

把一字寫得再長，
還是一字呀！

十一

遠在天邊近在眼前
是最貼切的謎面了。

十二

只有最笨的人
才會划着小船去尋找藍天。

十三

走過那條線
不就是落日的家了嗎？

十四

海是平躺着的
天是豎着放的。

十五

誰說鞭長莫及？
該碰到的不是已經碰到了！

十六

我見證了一條修長的海蛇
由東向西游去

十七

太極分兩儀，
是陰陽也是天和海。

十八

千里姻緣一線牽，
這姻緣是雲的還是浪花的？

十九

有了這麼明顯的標誌，
到天涯去就不迷路了。

廿

槓桿找到了
那麼支點在哪裏呢？

廿一

不採用落伍的二分法，
又怎知哪裏是海哪裏是天？

廿二

奔跑的海浪抵達終點時
為什麼總沒把線衝斷？

廿三

一竹竿打例一船人
那麼船和人呢？

廿四

一過了那條線
鄭和與哥倫布的船隻就消失無蹤。

廿五

想不到胖嘟嘟的雲，
也走起鋼繩來了。

附記：在海與天交接處，不是有一條可以無限延伸、
　　　可是卻不可即的線嗎？這條線，我們就叫它做
　　　海天線吧。只要發揮一點想像力，讓神思飛
　　　馳，詩，一首一首，就來到筆下。

乘着詩的翅膀（小詩廿七首）

一

寫成一首小詩
就像伸手抓住
樹梢掉下的一片葉子
本來是樹的
現在是我的了
本來是繆思的
現在是我的了

二

沉思是一塊巨石
只有它
能暫時抵擋
奔瀉着的
時間的水流

且清楚地聽見
生活裏
水花四濺的聲音

三

數棵紫杜鵑
竟在艷陽裏
開出花來

不是三月天
不在山坡上　小溪旁
更沒有遊春的人
對它唱歌

寂寞的紫杜鵑
委屈地
也開出花來

四

羨慕那竹
說它沒有快樂
也沒有憂傷
只因它的中心
空空蕩蕩

沒有憂傷是好的
沒有快樂呢
是呀
沒有快樂呢

五

比起花來
人總是執着的

花　落就落了
何嘗顧及
枝頭

不會做夢的蓓蕾
以及正在做夢的
胚珠

六

告訴時間
你不要走得那麼快
你停一停好嗎

時間說
要我停可以
但是我一停
就再也不走了呀
你要不要
說
你要不要

七

低頭在朝陽下走
有一列黑影
從小路上掠過

不是風吹落葉
耳際　響着
自近而遠的一串啁啾

八

對於這棵樹
奮鬥
是從那天才開始的

那天
一陣雷電
把它劈成兩截
一年兩年
沒有了蝶的舞蹈
風的歌嘯

九

夜半
滴滴嗒嗒的雨聲
把我吵醒

覺得過意不去
那陣雨
又滴滴嗒嗒地
送我入眠

十

黑夜
冷雨濛濛

而人　正朝一扇
溢出亮光的窗戶走
那扇窗戶
叫做家

這就是幸福了
心這時說
且緩緩地
開成一朵蓮花

十一

走着走着
一不小心
竟闖入一個地方
名叫中年

且從此
便再也回不了
原來的家

十二

不要去找它
讓它來找你好了
那詩的精靈

月正明
樹枝索索作響
它也許就在葉蔭裏
向你窺探

十三

生活不是重複
花開也不是
葉落也不是

如同花
有時開在這裏
有時開在那裏

如同葉
有時落在這裏
有時落在那裏

十四

當我年幼
有許多愛就好了
當我年輕時
有許多金錢許多閒暇
就好了

當我年老時
唉　有許多青春就好了

十五

一隻破損
需要修補的船
在岸邊停泊
是以有餘暇回味
海上的風風雨雨
是以意識到
自己的存在
是以異於
其他航行着的船
是以成為
一艘有思想的船

十六

路邊的青龍木
又落葉了
就是走在秋風裏

人也會蒼老的啊

十七

手握一節烏龍墨
轉着　轉着
是人在磨墨呢
還是墨在磨人
寫完三缸水的王獻之
也不知道答案

十八

童年的路
豈能不處處鮮花
為了當年濃艷的色彩
為了日後回憶時
鼻際的一縷清芬

十九

忽然找到

構成清晨的公式
綠草紅花以外
加一方沁涼的塘水
二三白鴨的羽帆
再加鳥啼數聲
以及濃蔭裏
揀不到線頭的蟬噪

廿

一本雜誌
翻着翻着
竟想起了京都
宛如一張
不隨時間褪色的畫片
在幽幽的古樂裏
散發檀香
橫街窄巷
一個穿和服的婦女
踽踽然
碎步地走過了

廿一

懷念
雖不是秋日
也紅得好慘的葉子

那年
在箱根
一個頭裹彩巾的貨郎
把手裏的木鳥兒
唧唧啾啾地吹着

廿二

我盯着孫兒
把他盯成一泓泉
向遼闊的大海
流去

我毫不猶豫
一縱身

便躍入
他的水中

廿三

在歌裏
我們說
二十年後再相會

時間　知道了
地點呢
是哪一處
明月短松崗

廿四

我是什麼呢
想了很久
還沒有答案

直到有一夜
一顆流星

帶着似曾相識的笑容
劃過天際

廿五

童年時
我和你相依伴
如今
卻勢不兩立

莫非
我還是我
你
輪迴道上的陌路

廿六

我的家
就在銀河隔壁
住了那麼久
卻從沒想過
要去串門

將來非搬家不可
我的芳鄰
肯定不知道
似近而遠
我怎麼去道別呢

廿七

不管牆壁橋樑有多高
都難不倒我
我
是爬山虎
沒有懼高症

寫給孩子的詩（小詩十六首）

發現

我發現
有些鳥兒起身後
不是唱歌
是把一串珠子含在嘴裏
讓它們不停地滾動
滾動

直到太陽出來

烏雲

大白天
一群穿黑衣的雲
接到通知
要開和雨有關的

緊急會議

煙囪

沒有了煙囪
就像沒有了鼻子
屋子
怎麼呼吸呢

聖誕老人來了
禮物
怎麼送進屋子裏去呢

貓和魚

一隻貓
趴在魚缸邊
對缸裏的魚兒說
有種
你就跳出來
和我
較量較量

討論

這些日子來
花園裏的昆蟲
一直在討論這件事

為什麼有些花很香
有些沒有味道
也有些
臭氣薰天

壁鐘

噹　噹　噹

看不見
也摸着的時間
因為自己能發出聲音
嚇了一大跳

醒

太陽一起身
萬物也醒了

公雞醒了
牛羊醒了
花草樹木醒了
屋子醒了

連睡了一晚上的車輛
也懶洋洋地醒過來
而且開始活動了

魚和我們

缸裏的魚
缸外的我們
都活得很好

倒過來
大家不只痛苦
還活不下去

小鳥和小魚

一群小鳥
從藍天飛過
一群小魚
從大海游過

每一棵大樹
都是小鳥的家
大海茫茫
哪裏是小魚的家

樹和屋子

正在長大的樹
一聲不響
把旁邊的屋子
遮蓋起來

等到發覺
屋子
已看不見
它頭上的藍天

陶製斑鳩

一對陶土做的斑鳩
擺放在花叢中久了
也學來來往往的鳥兒
咕嚕咕嚕
地叫

象形字

我在寫一個字
寫着　寫着
就變一幅畫了

我在畫一幅畫
畫着　畫着

就變一件書法作品了

猜一猜
我在寫什麼字
畫什麼畫

天線

飛累了
想喘口氣的小鳥
口口聲聲說
屋頂的天線
是它們的瞭望台

取名

噪鶥是吵吵鬧鬧的
烏鴉是全身黑漆漆的
白頭翁是白了頭的
喜鵲是一叫人聽了就高興的
麻雀是長了芝麻斑點的
蜂鳥是身體像蜜蜂一樣小的

塘鵝是把池塘當成家的

那麼孔雀呢
那麼鸚鵡呢
那麼鴛鴦呢

它們的名字
又是怎麼取的

分段

一天可以分許多段

天亮前
是早起的鳥兒的
大白天
是暖烘烘的太陽的
黃昏
讓彩霞搶去了
剩下黑夜
留給月亮和星星

早安

早晨
天空和樹梢
一片熱鬧

鳥兒和鳥兒見面
是不是
也說早安

第三輯

雨在夢的邊緣落著

鏡花水月

鏡

是你
或者竟不是你
在有光的剎那
影影綽綽

捧在手裏
千般呵護
如一顆夜明珠

掉了
所有的夜
一起掩至

花

最美的
往往
也是最脆弱的

到了最後
眼前的顯赫繁華
都隱去了
只留下
色和香的記憶

水

歷盡艱辛
終於爬到山頂
水
在望了

瀲瀲的波紋
溫漾著

永遠盪漾著
稍縱即逝的空無

月

不在雲之後
而是在大氣之後
在歲月之後
見到你時
你
還是那副
我熟悉的容顏

我不確知你的年齡
只知道多變的你
其實青春長駐
不變的我
雲散煙消

鏡花水月

惹不惹塵埃

都不要拭那個鏡子
以免驚見
鏡子中
你驟變的青絲
就如同飄忽的雲
也不要拭
圓或不圓的月
晴空萬里蟾光皎潔
豈能惹甚麼塵埃

倒是臨清流的花
每每俯身顧盼
想確定自己的年齡
雖然逝水悠悠
把時間和歲月的事
都拋到九霄雲外

然後花瓣次第凋落
在明澈如鏡的水中
並隨同月兒破碎的倒影
流向虛幻
流向空

夏夜滅燈獨坐

夏夜滅燈獨坐
滅不了的是
遠在天邊的一鈎殘月
近在眼前的數隻
洩露行蹤的螢

夏夜滅燈獨坐
聽蟲豸噪聲四起
把自己
重重包圍
且深知
黎明前
虛擬的網不破

夏夜滅燈獨坐
須臾之間
甘甜苦澀的往事
都次第回到眼前

想挑甘甜細細品嚐
卻只剩苦澀
羈留舌尖

夏夜滅燈獨坐
暗的是眼前的景
明的是心靈的窗
我與遠古
失去了距離
宇宙成一個球
能讓我
褻玩於股掌之上

重訪杜甫草堂

如果杜甫歸來
一定找不到
當年自建的茅屋

就算找到吧
一進門
看見有人兜售紀念品
也一定會大吃一驚

繞過柴門
發現裝修後的茶室裏
雀戰正酣
更氣得他原已稀疏的鬍子
又掉了好些根

倒是一彎綠水
依然是萍藻荇荷的家
杜鵑把血都啼出來了

五棵老桃樹又結滿
珍珠碧玉一般的果

於是一柱杖
又施施然回到
唐代另一個
被秋風吹破的
老窩

或者

或者畫畫
或者寫詩
或者唱歌或者跳舞
或者把無變成有
或者把有變成無

或者飛翔在藍空裏
或者奔馳在原野上
或者提燈
在黑夜裏巡邏
或者曳尾
在溪澗湖泊中展示逍遙

或者做萬物之靈
或者成鳥獸蟲魚
或者幸或者不幸
或者悔或者無悔

或者快樂或者悲哀
或者忙碌或者清閑

或者過去或者現在或者未來
或者他或者你或者我
都必須在
或者長或者短的日子裏
過自己特定的一生

全身而退

你甚至可以說
這是奇跡

從呱呱墜地
歷經歲月的追捕
風雨的凌遲
到如今
傷痕纍纍的我
依然沐浴着陽光
全身而退

除夕

多年後的一個除夕
獨自坐在窗前
看一場永無休止的雨
編寫一首
古老邈遠的歌

除了落意已決的雨
彷彿甚麼也沒動
包括沐浴中的綠樹
抵死護著殘瓣的紅花

卻分明知道
小園所有的根鬚在動
我逐漸轉色的髮在動
歲月在動
心中的流水在動
動成一個
接也不是

不接也不是的
新年

大江東去

我知道
大江東去
把千古
風流與不風流
的人物
都淘盡了

問大江
如果換個方向
奔向西
湧向南
流向北
在面對千古人物時
做的是否
另一回事

大江滾滾
千古悠悠

風流與不風流
的人物
默默無言

預言家

他還不知道
自己其實是個預言家

他能預言
月圓之後是月缺
花開了
便會落地化成泥

他也能預言
滄海會變桑田
桑田的未來
是荒草牛羊野

他更能預言
夏吞食了春　秋饕餮了夏
冬又以白雪
把秋深深埋葬

面對你的容貌
他卻把預言
都拋入奔流的大河中
尋找打撈的時間
僅限於
天亮以前

風銜着黑影

他的步伐一慢下來
天上的雲
似乎也飄得慢了
地上的河水
似乎也流得慢了

花開得慢謝得慢
芽萌得慢葉黃得慢墜落得慢
海枯得慢石爛得慢

快的
只剩下翻山越嶺
一心想回家的太陽

風
銜着一些迷路的黑影
在幽暗處
偷偷地吹

白馬

關得緊緊的一扇門
不知為何
逕自打開了

隨即
一匹白馬縱身一躍
飛奔出去

門外
滾滾紅塵
都次第落定

河水潺潺

聚了幾個人
有的白頭
有的駝背
有的說他的臉皮
是跟橘子借的
有的堅持旁邊的枴杖
是他的第三條腿

共同點只有一個
他們渾身
都纏着大大小小
無數的河

河水潺潺
蓋過
互述當年榮辱的聲音

變

一、街變

再也找不到
背着石塊和凳子喊磨剪刀喲的街
再也找不到
敲着竹片叫吃雲吞麵喲的街
再也找不到
趕牛車的停下來喝蕃薯湯的街

它們都和泥土一起埋葬
在告老的歲月中
並把甜滋滋的記憶
淡淡的哀傷
深深的懷念
都拋在後頭
把自己的腳印
拋在後頭

二、村變

聽說鏟泥機要來
村裏的一切
隨時準備撤退
到更偏遠的大後方
這時小樹紛紛落了葉
掉了花和果
以減輕跋涉的負荷

有兩扇窗的木屋
則睜著方方的大眼睛
判斷開過的車子
是不是奸細

紅泥路等到黑夜
搖身變青蛇白蛇
刷的一聲
從草叢中溜走

而所有的井

全知道自己的命運
一天到晚
淚流個不停

倒走

公園的小徑上
除了鳥語
只有花香

一個老人
在練習倒走
沿着以前的腳步
沿着生命的軌跡
沿着時間沿着歲月的虛線

小心哪小心
以免撞翻踏碎
自己脆弱的青春

倒數

我們聚集着
在年與年的銜接處
倒數
十　九　八　七　六
五　四　三　二　一

然後雀躍　歡呼
親切地握手
真誠地擁抱

就在此刻
屬於每個人的
恆河沙數的歲月
又滾滾
滾滾湧來

噪鵑

說喧鬧
以至於不能入眠的
是你　不是我

樹叢中
翩翩黑影掠過之後
我的雙耳
雖全然清醒着
卻無限歡欣

原來城市的一角
竟能被串串啼聲
牽引出
又涼又綠
一個熱帶雨林

醒來

　也許有一天
　一覺醒來
　你還能像一朵花
　在枝頭顫動
　且聽得見風聲瑟瑟
　看得見
　蜂與蝶去去來來

　天哪
　也許你就是花了
　人
　已是無數劫後
　你的前生

通連車

上車的地方
是霧茫茫的前世
進了站
便來到風和日麗的今生

年復一年
終於面臨
必須轉車的時候
只是不確知
這一回
該在哪一站下車

隆隆聲中
一晃又踏上旅程
直奔另一個
霧茫茫的未來

看山

十歲時看山
我覺得山非常高
山和雲碰頭的地方
不是住着神們
就是野獸和鬼怪

三十歲時看山
我覺得山塌下了許多
只要攀爬或快步走
那年那月那天
總能到達絕頂

六十歲時看山
我覺得山又長高了
最好在山腳找一棵樹
坐下來歇歇腳
既思逐漸模糊的過去
也想茫無頭緒的未來

江湖

相信江湖
早在我們長大前
便形成了

然後逐漸擴大
直到你有你的
我有我的
江湖

我們雖把各自的一生
都投進去
卻不見得
有什麼迴響

而且一旦
我們離開
或大或小的江湖
沒有一個
我們帶走

傳遞

看見白雲藍天
也撐不下去了
晚霞及時趕到
從它們手中
接過絢爛與光明

不久
連晚霞
也奄奄一息
做傳遞工作的
是家家戶戶
千萬盞燈

蝴蝶魚

透過白珊瑚的角叢
透過海草翠綠的纖纖指縫
你以一隻大眼睛
疑惑地望向我
問
這個地方
也是你來的嗎

遂在浮光中曳尾游去
仙袂飄飄舉
像那個直奔廣寒宮
而不復回眸的
嫦娥

離合山水

又或者山在我之右
水在我之左
又或者山在我之左
水在我之右

又或者山山水水皆在我之後
而其實是我在它們之前
只差一個方位
我便被包圍了
舉目
儘是色誘的綠水與青山

又或者花謝時
猿聲隱去時
你突然鬆開我的袖
漸行漸遠
到了我推開屏風如濃霧

雖遍尋
已不獲你凌亂的屐痕

又或者你回首
也看不見
屏風後面目模糊的我
霧散了
一片空蕩蕩
什麼都拒絕留下來

堵門

他們爭着開門
是他們的事
我
寧可把門關起來

何止關起來
還得上閂
還得搬一張桌子一個櫥
把門緊緊地堵住
使它進不來

進不來
我就能保持原有的容顏
我那堆得高高的
歲月的沙丘上
便不再覆蓋
另一把驚心動魄的沙

那知道輕輕一踢
或者吹一口氣
一身花紅柳綠的它
還是昂首闊步
闖了進來

放過我吧饒了我吧
你這高高在上法力無邊的
春天

叫陣

年輕時
我的身體
是個不設防的城市
病魔來犯
腳一伸
就能把它
踢得老遠

所以病魔見到我
都繞道而行

現在我的身體
城牆之外又是城牆
護城河之外
還有護城河
吊橋
永不放下
而結盟的病魔

卻日日夜夜
在河邊
叫陣

消失

或者做一棵小草
消失在原野上
你要找我找不到
但是綠綠的
我也吐淡淡的芳香

或者做一滴水
消失在大海中
你要找我找不到
但是波浪在怒吼時
有我微弱的聲音

或者做一顆星
消失在長空裏
你要找我找不到
但是當你仰望銀河
夜夜　　我都在發光

穿針

連駱駝
雙峰一沉
也就過去了
而我如絲的一線
卻怎麼穿
仍在針孔這一邊

孔如眼
孤零零一隻
和我望酸瞪酸的
老去的一雙
對峙着
不分勝負

汗珠
列隊在我額角
等待檢閱

錯就錯在
那年那月
春天正放肆
所有的樹正濃裝
我把談笑間穿過的線
輕易地
又拉了出來

平面

蓮燈一點燃
畫就被裝飾成夜
夜也有夜的璀璨
這種事
每一隻蜻蜓與蝴蝶
都看得清楚

這樣的平面
是屬於池塘的
而面之下呢

只要風一吹
千樹萬葉
就能變自己為水
為洶湧的波濤
把一首歌
唱向地平線的盡頭

這樣的面
是屬於森林的
而面之下呢

輕輕地一笑
春天就降臨
聲音是鳥語
呼吸是花的芬芳
目光所到之處
冰雪都次第消融

這樣的平面
是屬於你的
而面之下呢

歲月

那一夜
我心血來潮
搭着清風的背
在自己走出來的路上
踉蹌前行

眼見頭頂的月
圓了又缺
缺了又圓
而我竟不如道
哪裏
是要去的她方

都三更了
蟲豸爭鳴
白費心思的我
只好放慢
無從放慢的腳步

一個獨一無二的月
仍在這一路上
嘲弄地對着我
圓圓缺缺
缺缺圓圓

浪花

問它住在哪裏
它說　大海呀
便嘭的一聲
沒入蔚藍

也許這一輩子
都不再聽到見到
一個由它激起的
浪花

豈知我一回頭
它也在江湖中
隨歲月流竄
且忘了青絲上
所有的約會

睡覺

我和我的狗
一起睡了
甜甜的午覺

我和我的狗
在哈欠聲中
一起醒過來

門外
花兒吐着淡淡的香
一隻寂寞的蟬
訴說着長長的心事

時光
已經溜過幾分之幾呢
我是問
我的一生以及
狗的一生

魔幻事件

他在讀一本小說
關於生與死的
讀着讀着
就走進夢裏去了

還沒出來
又溜進小說裏
客串一個角色

好久好久
才從小說裏出來
也才從
濕漉漉的夢裏出來

哑的一聲
夢散了
小說
碎了一地

尋找張愛玲

多年以來
滾滾紅塵中
已找不到張愛玲的身影了

而且有一種紅玫瑰
把面紗輕輕一蓋
便蓋成了白玫瑰

或者並沒有玫瑰
沒有任何形式的驚艷
天涯海角的籬落
片片殘花
只等着化一撮春泥

忽而一日
另一起羅滋威爾事件
易地發生

太空船裏尋獲的
是一具瘦如災民的屍體

千種風情
萬般是非曲直恩怨
都有待解剖

註：《滾滾紅塵》也是一部電影的名字，由逝世女作
　　家三毛編劇，內容據說影射張愛玲與胡蘭成的戀
　　愛故事。

　　　　《紅玫瑰與白玫瑰》是張愛玲小說中的一
　　篇，已拍成電影。

　　　　羅滋威爾事件（The Roswell Incident）：據
　　說1947年7月，一個飛碟在美國新墨西哥羅滋威
　　爾地區墜毀，內有5具外星人屍體及一個受傷的
　　外星人。最近一卷美國軍方在48年前解剖外星人
　　的錄像帶在全球20多個電視台播映。

我與我之髮

中年之後
我與我之髮
有了戰爭

戰爭既畢
逆我者
退到大後方
或者離鄉背井
棄我而去

降我者
紛紛豎起白旗

問樹

前些日子
醫生已經做了檢查
說我的聽覺
十分正常

可是這一刻
當藍天拿白雲來抹臉
風正昏昏地午睡
那個長尾巴的聲音
又響起來
（到底是蟬鳴呢
還是耳鳴）

用眼睛
問窗外兩棵菩提
它們卻你看我
我看你
不發表任何意見

複製

起先我以為
我在照鏡子
接着才發覺
我跟前並沒有玻璃
我也不站在池邊湖邊
海邊河邊

但是那張臉
分明是我的
連同那副身體
那身穿着
也跟我一樣

不同的是
我吃驚
他卻輕鬆地笑
且說
認識我嗎

記不清這一次
是第幾次了
上一次深夜
在電梯中
我也遇見
另一個複製的
我

黑衣騎士

擦肩而過的
何只是你
或其他什麼人

我們與各式的夢
擦肩而過
並在轉身回頭時
熱淚盈眶

也一次又一次
與那個黑衣騎士
擦肩而過
而且不敢轉身
不敢回頭

死亡
是騎士的名字

白骨

好多回
在黑夜或白天
在大街或小巷
他與它
擦肩而過
而他
渾不知情

直到它走遠了
回轉身
現出一身白骨

天真的他
快樂的他
不知天高地厚的他
吹着口哨的他
渾不知情

手語

只要心裏想
無形的手
也能穿越雲層
摘天上
任何一顆閃亮的星
而萬水千山
一隻手伸過去
什麼情　什麼愛
什麼祝福感激與關懷
都會在另一隻
伸過來的手中
紛至沓來

如今
捧着你的心
我的心的
不正是
一雙誠摯無限的手嗎

在堆疊起來的
陳年的誤解之後

一走進風裏

一走進風裏
連風都老了

一跳進雨裏
連雨也龍鍾了

一臥倒在草地上
草更化作一個
白眉道人

也許該永遠站着
像一柱不洩露年齡的
路燈

鐘聲日影

鐘聲一響
日影一轉移
人便手忙腳亂了

一邊想大口大口
吸入沁心的花香
一邊想緊跟蟬鳴
到綠蔭深處
一邊想繼續用目光垂釣
偶然游過藍天的雲

其實最好
是靜坐凝神
只看着日影遠去
只聆聽鐘聲撞來
沒有求索
無需哀傷

旅遊

從一個空間
一跳
就跳進另一個空間

也跳進了另一個時間
當眼前的色不是原來的色
聲不是原來的聲
圖像不是原來的圖像

於是欣喜
於是驚異
於是好奇
於是老邁的眼睛
換成了童稚的眼睛
羸弱的雙腿
無比矯健

快速地捕捉
貪婪地吞噬

最後回到老窩
準備着
另一次
超越時空的出擊

讀詩記

就坐着
這樣一葉扁舟
要到江陵去

開始時
水流緩慢
舉目
紅勝火的
是兩岸的桃花李花

日中以後
水流湍急
盈耳
是不間歇的猿啼
啼得人心裏好悲好亂

前面是哪裏
難道真的是江陵麼

不會回頭
我知道不會回頭
我們出發那個地方
可不叫啊不叫
白帝城

劍與燈之外

「醉裏挑燈看劍
　夢回吹角連營」
　　　　　　　　——辛棄疾〈破陣子〉

壓根兒就沒劍
還看什麼劍呢
不看劍
還挑什麼燈

趁院子裏月光猶寒
耍幾招太極吧
且無須等待
夏日的跫音遠了之後
便是那愁煞人的
秋雨秋風

吐納之間
什麼氣

都將消弭於無形
什麼怨
都從掌心
來到腳心

註：掌心有穴叫勞宮，能呼能吸，腳心有穴叫湧泉，
　　是體內濁氣流洩的地方

忘記

年輕時
最容易忘記的事
是自己正年輕
春花競開秋月方明

一旦記得
已年華老去
視茫茫
看不見秋月春花

把這種情形
說給孩子們聽
他們聽了
也忘得一乾二淨

局限

前世那個眾生
在面對局限之後
不知
把多少心願
傳遞給今生的我

我也終於面對局限了
知道一棵樹
只能結幾個果
一株草
只能開幾朵花

遺憾哀傷之餘
我把一疊疊未了的心願
凌空一擲
擲給來生那個
不知有我的眾生

眾生如恆河沙數
心願如恆河沙數
而恆河
挾帶着黃沙滾滾
不捨晝夜
流　流　流
向宇宙洪荒

顛覆

一開始
我就把想法
付諸行動

我掄起大斧
向圓滑的規律
向排好隊的原則
向循規蹈矩
　陳陳相因
　原地踏步
　按部就班
猛砍　猛攻

一時間
屍橫遍野
血肉模糊
滿地狼藉
支離破碎

而我
一經重組　黏合
已完成一首
新意盎然的詩

有標籤的日子

許多有標籤的日子
先後盛裝着
跳到你面前

以繽紛的花朵
以變幻的枝葉
以霜雪以水流
以彩飾以佳餚以燭光

以歌聲以香味以顏色
在你還來不及回過神時
把你的驚愕
你的遺憾
你的哀傷
——埋葬

開花的青龍木

它的綠
只涼了我的眼睛
它的蔭
我已視為當然
它的高聳
叫我習慣於自卑

而它的香
卻把我俘虜了
當我驀然回首
驚見
由一陣大雨催生
熠熠發光的
黃

我知道了

現在我知道了
所謂一生
就是在抬頭時
邂逅了或圓或缺
或明朗或陰鬱
的月

現在我知道了
所謂一生
就是在見到你一次兩次之後
也許還會在哪年哪月
在異國他鄉
與你相逢

現在我知道了
所謂一生
就是與山水偶遇
然後今生今世

都不再赴
那山那水的約

理髮

坐定之後
他總是低頭
不敢檢視
鏡中加速變形的臉

只凝神靜聽
剪刀的竊竊私語
竊　竊　竊私語
隨秒針的震顫
不斷掉落
在胸口的白布上

為什麼
啊　為什麼
黑髮與白髮的比例
又是一個減少
一個增加

一路走去

一路走去
天上的雲
可以把他的髮都染白
來路不明的風
也可以把稀薄的髮
吹亂　或吹掉一地
如同死葉

而打在臉上的雨
早就分不清有幾滴
是從眼裏流出的淚

最後隕落的星塵
都成了他腳上和鞋底
永抹不掉的泥

還能一路走去嗎
用蹣跚的腳步

喊他　他像一個影
縮小　縮小
卻怎麼也不曾回頭

世界與我

一隻蜂
忽然直線飛降
在一朵花心

那朵花
一陣痙攣
把所有的花瓣
都抖落
成一顆果實

雲
雪花一般
從天邊滑過

須先有世界
才有我

一顆種子
從果實中跳出
第一眼
就接觸到閃閃星光

當風開始流浪
它也完全甦醒
到了想伸個懶腰
才發現
舉起來的
是兩片翠綠的葉

而露珠
而初陽
一晃
都擠到葉上

須先有我
才有世界

詩之眼

閉起眼睛
許多詩
像一天飛絮
飄向我
像一陣斜雨
打向我
像一層燒紅的晚霞
把我覆蓋

張開眼睛
飛絮已落盡
雨已停歇
晚霞淡淡的
融入一方
被收進魔瓶中的
暮色

渡

明知道這河
是渡不得的
卻還是渡了

小花四濺
巨鱷的血口
齒山猙獰

到了對岸
獵狗追逐
百千狂奔的腿
揚起漫天黃沙

掉隊而被撲殺的
為什麼　為什麼
偏偏是我

氣象遊戲

天天
坐在熒光屏前
讓目光在新聞圖表上
由南而北
由北而南
逡巡着

一上一下的數目字
大了又小
小了又大
春和夏輪流上班
秋過了是冬按時來訪

有花有葉
有果有風有雪的季節
原來
都躲藏在
那些數目字中

盤算

盤算選一個春日
到郊外試馬
蹄聲達達中
揚鞭奔向大草原

或者到北國冬泳
一嘗寒徹骨的滋味
然後整裝去滑雪
看風與我
誰先奪標

或者下海衝浪
並且駕御風帆
與滾滾波濤鬥平衡術

或者潛水
拜訪珊瑚的世界
順便與斑斕的魚兒

共游水晶宮

只要他生的我
仍把這些事
牢牢記住

靜物畫

甚麼是真正靜止的呢
是那束微笑的花嗎
是那串玉潤珠圓的葡萄嗎
是那幾個叫人食指大動的蘋果嗎

或者竟是那隻玻璃瓶
那塊翻紅浪的絨布
那張只見到兩隻腳的桌子

聽着　　聽着
支撐這一切的
桌子背後那面牆
已搖搖欲墜了

靜物不靜

望月

終於找到
時時望月　年年望月
的原因

雖然再圓的月
　　再亮的月
也比不上一盞華燈
卻可以對着它說
你看我　你看我
別來無恙

哪知這個月
卻別過臉去
冷冰冰地
對着另一個急於證明
自己仍健在的人

面壁

祖慰①面壁
在異國的巴黎
一面
就積年累月

想當年
達摩在少林寺面壁
幾乎把壁都面倒了
才悟了一點道理
箇中原因
他並不全知道

我現在卻知道
散發出去的思想
碰了壁
便紛紛回彈
進入腦中

註：祖慰：中國名作家，近作是散文集《面壁笑人生》

從雨說起

談論昨天的雨
就等於宣佈
那場雨的死亡

所以雪
白森森的
也會回到終極那裏去

隨行的
除了落花與黃葉
還有霧和雲

而所謂海枯石爛
只說明了
一次壯烈卻也醜陋的
犧牲

我們做天

「天增歲月人增壽，春滿乾坤福滿門」

無量數的星辰
天全接受了
太陽和月亮
天也把好位子
留給它們
增添一些雲一些霧
天街的夜色
並不至於濃與重得
透不過氣來
只要薄情寡恩
增添一大串歲月
連天也不會老
即使天老了
天仍是那個天
絕不因此雞皮鶴髮
說來說去

還是天好
要不
我們都做天吧
我們做天
天　嘿
做我們

塵與小屋

說不清從幾時開始
輕飄飄的
形跡可疑的塵
便不斷地
溜進我的小屋裏

它們從每一個門
每一扇窗
不動聲色地進來
連月光與日光經過的隙縫
也長驅直入
愧色與懼色全無

在歲月的呼吸聲中
我的小屋
眼看着便沒有剩餘的空間了

我知道

茫茫天地間
有一天
將只見塵
不復見
我的小屋

解讀兩隻斑鳩的叫聲

那時正下着雨
所有的樹葉
都約好了
在濛濛的霧氣裏
一起化一個
翠綠池塘

而池塘遠處
一隻斑鳩
抵死啼叫着
空氣裏
流蕩着寂寞與哀傷

忽然
我視線裏另一隻斑鳩
也唱和起來

一唱一和
歡歡喜喜的
便把一場踩高蹺的雨
帶進了黃昏

捕捉上海

亮麗的顏色一來
灰濛濛就急速退隱了
眾多的摩天樓一站起身
低矮的屋宇就自慚形穢了
熙熙攘攘的人潮一湧到
沉靜的孤寂就躲到角落裏去了
巨大的聲響一蜂起
城市的脈搏就強力跳動了

誰都能見得到的東方明珠塔
日日夜夜都忙於聚集
行人訝異與仰慕的目光
而南京路的步行街
卻從頭到尾
全是四季誇張的腳步
至於古老又嶄新的新天地
已把一切讚歎的話語
偷偷地收藏起來

於是久別重逢的遊客
一下子都變成
虛擬鏡頭中的角色
直等到驚魂已定時
才發覺自己
正面對着一幅
當年主席的典型畫像

雨在夢的邊緣落着

沒有昏羅帳的紅燭
沒有叫西風的雁
也沒有星星的白髮

而雨
卻不停地落着
在歌樓上在客舟中在僧廬下
落着
在許許多多夢的邊緣

那麼你說
這時的我
是一個怎麼樣的人呢
我的年華已老去
心境
十分青春

傳統遊戲

也想撿一片瓦片
跳着叫着
在柏油路上造屋子
但是寬敞的
車輛稀少的街道呢

也想一邊喊着數目字
一邊踢雞毛做的毽子
或者挖幾個小洞
在沙地上玩石彈子
但是渾身髒兮兮的小孩呢

也想騎竹馬
滾鐵環
跳繩跳到滿身大汗
捉迷藏捉到太陽下山
但是那個面目模糊的童年呢

亂世

始終安靜不下來
這裏是蟬噪
那裏是鴉啼

原來在蟲與禽的世界裏
每一世
都是亂世

島

都說了
沒有人
能成為一個島

卻分明是島
在孤獨時
在寂寞時
在午夜夢迴
必須沉思冥想時

那時
你手一合十
身一趺坐
蒲團是島
蓮花寶座也是島

島之外
白雲無限
綠水悠悠

鳥與小河

有一隻鳥兒
從我頭頂飛過
揶揄地對我喊
呀　呀　呀
我起身想追
它竟變成一支箭
畏罪而逃

有一條小河
從我身邊流過
揶揄地對我叫
潺　潺　潺
我知道
我這一輩子
怎麼也追不上它
我不起身了

當歸

當歸　當歸
天黑了
屋簷下的燈
亮了

當歸　當歸
倚門的人
今年比去年
少了

當歸　當歸
腳步蹣跚了
世事滄桑了
故鄉的池塘
乾涸了

當歸

流

艷陽下
流的該是
飛鳥的影子了
以及幾朵
逃難時失散的雲

凝眸處
竟也流走
我看着歲月長大衰老的
目光

避年

為了避開
名叫年的巨獸
他登山涉水去了

因而也避開了人群
避開了喧囂
避開了紅彤彤
忽然響亮起來的歡笑

鬆了一口氣回到家
哪知一進門
就被掄着大斧
守株待兔的歲月
在他額角
添劈上深深的一痕

尾聲

聲音響着
由強而弱
終於到了尾聲

有前路茫茫的迷惘
有真相大白的滿足
有如釋重負的輕鬆

像繁花落紛紛
不同的色彩
交流融匯
呈現一幅璀璨的圖景

聲音微小
畢竟勝於絕對的沉寂
該用甚麼方法呢
把它搓得又長又細
讓它緩緩沉入
時間的長河

最後

甚麼是最後呢
對一片飛墜的葉
對一粒掉隊的沙
對一滴簷前顫動的雨

幾時是最後的一瞬呢
潮開始漲開始退
日開始沉開始升
春天開始含苞開始凋零

雲聽着聽着竟笑了
然後悠悠千古地飄
水想着想着竟笑了
隨即不分晝夜東流去

本事

聽那人說
人是萬物之靈
有大本事

聽厭了　聽累了
一隻小鳥
呼的一聲
便化自己為一支箭
射入蔚藍

只剩下樹底
一雙帶着艷羨仰望的
眼睛

高速公路上一輛巴士

長風在下
那我們是駕御着一片雲了
塵埃在下
那我們是騎着一群駿馬了

窗外
就說張擇端的長卷吧
也沒這麼長
而且一卷攤開在左邊
一卷攤開在右邊

長卷的盡頭
是我們要去的地方
那裏
規規矩矩地
風停下來
雲停下來
馬停下來

昨天

雲在空間翻滾着
星宿在時間中閃耀着
艷羨的笑容模糊了
贊嘆的聲音消失了
再伸出手時
天空的幃幕吃驚地後退
直到無影無蹤
祇留下昨天
定定地站在眼前
端詳着自己
逐漸擴張起來的白髮

射殺巨鐘

像后羿以箭
射殺併出的十日
我以槍射殺
牆上的十個巨鐘
九發九中

原想把第十個也槍斃
以滅口
它卻怎麼也不掉下來
且蓄意在我轉頭時
響起
迴盪於古往今來
不絕如縷的聲音

遊走的錶

祇為了上鏈
我手腕上的錶
竟在齒輪的轉動中
逐漸軟化　液化
且淅瀝淅瀝
滴落下來

俯身去拾
卻怎麼也拾不起
隨即又蛇一般遊走
以至於無跡可尋
祖父說他的錶
也有相同的命運

苦旱之後

大雨一來
所有的樹都仰面向天
領略着苦盡甘來的感覺
而花與花之間
互相慰問之聲
此起彼落
至於無數的幼苗小草
一邊忙於點算傷亡情況
一邊想
死亡和活命
原來一樣困難

海天線

原以為天之涯
海之角
是兩個極端

哪知道海天一色
海天一線
天涯便是海角
海角
也便是天涯

來路便是去路
去路
在來的地方

隔

岸與岸之間
隔着一道橋
義無反顧的水
從橋下流過

山與山之間
隔着一條路
無家可歸的風
從路上吹過

歲月與歲月之間
隔着甚麼呢
喜怒哀樂鬧嚷嚷
從心中走過

放牛圖

一日清早開門
竟不見了
那輛愛喝汽油的車子
那條越來越車水馬龍的路
和頻頻眨怪眼的交通燈

卻見遠處青青草地上
仍睡着一方
聚荷喧嘩的池塘
而水牛一頭
正用叫聲　向我請安

拿起短笛　跨上牛背
我放牛去了

訪舊

倘若他日我回來
在這個整了容的城市中
誰將給我帶路

是夕陽下一座小橋吧
或者一條被遺忘的小巷
幾幢雕花古屋
和一面面滿臉瘡疤的牆

還有人拉二胡嗎
雲都散了
風拖住
綴在長髮尖端的
絲絲記憶

印象

一雙黃蝶
不解自何處
撞入
我視域裏來

正午的陽光很毒
龜裂的黑土很醜陋
各種腐物的惡臭
叫人作嘔

翩躚一雙黃蝶
改變了我
對眼前這一切的印象
而渾然不知

歲月喧嘩

正伸出拳頭
堵住了河堤這一邊的破洞
那一邊又有潺潺流水
戲謔地滲出

到了雙手雙足都用了
賴以呼吸以觀望
以聆聽的頭顱也用上了
也無法阻止
無情的歲月因氾濫而激起的
一片喧嘩

旅行

從出發那一天算起
就是回家的日子了

腳印　輪轍
轟隆隆鐵軌的叫囂
嗚嗚嗚汽笛的哭泣
螺旋槳一槳一槳撥亂
空中的雲

流水中有流水
時間中有時間
夢中有重重迭迭的夢

曾經親昵地擁抱
如今是否也能
全然無憾地
揮小小一方白手巾

回頭

一轉身
一移動腳步
山便長了
水便遠了

不回頭
現在怎麼能回頭
縱使回頭
也當在歲月
鬢髯飄飄之後

承諾

早就答應那人
在前世
說要把今生的領悟
都寫下來
在咒語中焚燒
使信息像一顆流星
曳尾而逝

現在自己卻又惦記着
要把對那人的承諾
變成囑咐
交給另一個即將遠行
而不歸的眾生

忙碌

真想不到
我們
都有一個忙碌的來生

我們都說
來生
要好好地看月亮
細細地數星星

來生要走遍
今生還沒走過的
水之湄
天之涯

來生也要結
續了又斷
斷了又續
各種的緣

風聲

它出發的地方
總是在遠處
帶着塵埃和落葉
帶着變化多端的煙雲
帶着傳說和謠諑

它的聲音雖低沉
卻讓每一隻耳朵
都聽得見

於是想着
當涼意浮起時
我們該閉着窗戶好呢
還是瀟灑地把它打開

籌碼

面對這樣的
賭桌上的高手
我必須絕對冷靜
而且面不改色

我的籌碼有多少
他知道
而他籌碼的數目呢
我卻無從測知

他是宇宙
這一刻所採用的籌碼
是涓涓流水
悠悠白雲

心靈回歸

一聲狗吠
人便遠去了
不管經歷了萬水
或者千山

抵達時
又是寒夜盈耳的蛙鼓
偶有流螢飛渡
高不可測的椰梢

而霧
壓向窒息的心頭
祇等扭亮電燈
把亮光和溫暖
喚回來

回溯

如一尾魚般回溯
試問你敢游多遠
一路上水利勝刀
能割傷許多鱗片

試問你敢在風聲中
照一組又一組影兒嗎
都無從辨認了
又怎知道孰假孰真

迷迷惘惘間
祇好一頭撞了過去
卻僅落得個
血肉模糊

逃

眼看着陣陣紅塵

從身邊滾過

雷一般響

他逃入山中

遠雲高山

青燈黃卷

和無數晨昏

見證了霧去霧來

人不是才一個嗎

往事裏的影影綽綽

卻攀緣着升騰的寂靜

次第現形

觀濤記

驚濤拍岸之後
就退回去了
留下一塊塊岩石
在察看遍體的傷痕

岩石旁黃沙無數
磨碎着自己
也磨碎着
附在身上的歲月

變顏

為甚麼疑真又疑幻
疑幻
而且又疑真呢

時間一旦闖進來
就把空間都搞亂了
就把色與相都搞亂了

變　變　變　變　變
你的容顏
我的容顏
他的容顏

雙中秋

殼一打破
便滾出
又圓又大兩個蛋黃

卻惹來議論紛紛
說遲出現那一個
是邪惡的

豈知跟在後頭的時間
一言不發
立刻張開大口
把它們
吞噬淨盡

淚雨

一盆秋海棠
在小窗下睡了
一個遙遠的夢
把它幸福的臉
照得醉紅

卻來了一陣倉卒的雨
使驚醒的秋海棠
毫不保留地哭了

藉着嘩啦嘩啦的雨
那一盆慘綠愁紅
哭得
比誰都傷心

農耕圖

青山翠谷之外是現代
之內
是唐宋元明清

山谷中有田地
有水牛一頭
從舊日曆本裏竄出
並以木製的犁
地老天荒地耕着

而那農夫
赫然是我
一個被時間攪昏了頭的
失憶旅人

附記：詩中所述，乃貴州省東線沿途景觀。憑車窗遠
　　　望，一時疑幻疑真，幾不知人間何世。

答案

一開始
我們分頭
找人生的答案

用一輩子的時間

再見面時
你看著我　我看著你
沒有答案

覓句

苦思多時
不覺把夾在指間的筆
伸入口中
咬了起來

猛聽見雪雪呼痛
才知道有血淋淋
自筆心沁出
畫了一紙
灼灼的桃花

鼓掌

長在一處的幾棵樹
也有彼此談話的內容

一棵說
這一季
你的花真茂盛哪
一棵說
到了夏天
你結的果實可多呢
一棵說
你油綠的葉子也不賴

談得高興
便一同迎風鼓起掌來

雲變

一開始
我們都是雲
被風吹入
同一個天空

有的變獅虎
有的變牛羊
有的成亮麗的霞彩
有的成暗淡的陰霾

有的流浪
有的長駐一方
有的不見了蹤影
在雷電之後

臉

當我說出心中的秘密時
我的朋友仰天狂笑
且往臉上一撕
將自己撕成我的敵人

盛怒之下
我也倣傚他
哪知一伸手
血淙淙然沿指尖滴落
我竟變成個沒有五官的人
我忘了我的臉皮
祇有一張

霧過的水

是水時
期望着變霧變雲
甚至變雪變霜

霧過雲過
也雪過霜過
終於有一天
又還原為水

卻不再是當日的水了
艷陽下那樣的透明
閃那樣
從未閃過的
成熟的光

過賀蘭山

沒想到岳飛詞裏的賀蘭山
這時正和我遙遙相對
高聳逶迤　鬱鬱蒼蒼
像一匹駿馬
向後奔跑

駿馬的另一邊
是我昨天分手的內蒙古
這一邊就成了
我今日抵達的寧夏

我分不清
一路上
是車上的我們在追逐駿馬
還是駿馬在追逐車上的我們

只曉得
彼此依依揮別那一刻

熠熠的銀川
已經在望

附錄

新加坡詩壇上的「周粲體」

楊義

　　文體是作家的審美個性與魅力所在。一位作家染翰為文到了獨具一境界時，他是真正成熟了，此足以打動大批讀者，而文學史也無法繞開他了。

　　新加坡著名詩人周粲從十六七歲時出版第一本詩集《孩子底夢》，至今已近四十年，詩集也出有八本，可謂鍥而不捨，成果碩然。我最近讀了他晚出的兩個詩集《捕螢人》、《時光隧道》之後，真切地感受到詩人成熟的大家神韻，不惜起用這個相當有份量的術語——周粲體。

　　兩個詩集，佳作頗多，凝聚了詩人年近不惑到知天命的十餘年間的心血和精魂。據二書「後記」所述，作者一九七二年出版詩集《會飛的玻璃球》後六年間，發表詩作三百首，自為刪汰，得劫餘之百首，成《捕螢人》。此後近十年間所發表的詩當逾前六年之數，苛加釐定，在《時光隧道》已不足百首了。杜甫有句「別裁偽體親風雅」，其後「別裁」成為歷朝詩選的雅號，而周粲這種苛自別裁的精神，是可以和古代詩人的苦吟精神相映成趣的。如此苦心孤詣，在出版業非常發達的今天，更為難能可貴，人們不妨於其間體悟一下「周粲體」形成的奧秘。

　　讀周粲詩至使我砰然心動者，莫過於那首堪稱傑作的〈收藏〉。它也許是從某些收藏家的興趣行為中觸發靈感，卻不沾滯

於眼前所見，在行雲流水般的抒寫中，昇華出人類內心深刻的追求和悲哀。而且這種審美昇華渾無生硬之感，反有妙手偶得之趣。錯落有致的詩行，抒寫着「我」採集樹花、貝殼、天星，收藏範圍遍及樹林和海灘、地上和天際。其後想像變得奇麗詭譎：也收藏了一節折斷的彩虹，兩顆驪龍的珠，以及數塊女媧補天用的泥。正驚詫於詩筆雄奇恣肆之餘，豈料詩筆倏然逆轉：

> 正想也收藏銀河／收藏在大氣中／銜枚疾走的歲月／不意歲月它／不聲不響地／收藏了我。

不是依憑艱澀的文字，而是依憑出人意表的一順一逆的詩情結構，造成詩的內在意蘊的豐富性和奇警性，這是周粲體值得注意的地方。「收藏」是雙向的：「我」有聲有色地創造着或「收藏」着萬事萬物的美，萬事萬物卻不聲不響地以「時間」這個不容迴避的名目成全了，也「收藏」了「我」。這實在可以看作以萬物之靈自居的人的哀樂兼備的命運交響曲。

進而言之，周粲體也是生命的結晶。周粲嘔心瀝血地借詩集「收藏」他的詩美，難道這詩美不也在反客為主地「收藏」他的心血，歲月和內在生命？

一、童心的眼光中年人的省悟

周粲論詩，崇尚平易，常援以為例的古詩是：「君住長江頭，妾住長江尾，日日思君不見君，共飲長江水。」其實他寫詩，講究以天趣盎然的童心來審視世界，過分雕鏤便顯得矯揉造

作，因而不能不追求平易。他少年成名，是帶着兒童的眼光走入詩國的。處女作為《孩子底夢》，其後又出過詩集《寫給孩子們的詩》，就連為另一詩集取題為《會飛的玻璃球》，也足見其童心未泯。甚至可以說，周粲追求詩之真，相當程度就是追求童心的渣滓悉去的澄澈。

　　講到《捕螢人》詩集題目來由，周粲在此書「後記」中說，並不是他偏愛同題的那首小詩，「只是捕螢本身，在我眼裏，就是一種很富有『詩意』的活動」。這首小詩頭一句寫道：「有那條路／能通往總角的童稚呢？」不需人們學唐代孤寂的宮娥，揮動輕羅小扇去撲打流螢，只須兒童們在荒涼曠野的亂草叢中躡手躡足，把「涼涼的一星亮光」撲在指縫間就足矣。在暗夜中閃着微光的流螢，是作者用以象徵詩人苦苦追求的詩意的。在作者心目中，唯有童心才能從鄉野中捕捉到詩，讓那「綠綠的一星亮光／竟照映出／一個無邪心的微笑」。

　　童心存在着某種不執不滯的、富於詩情的直覺和聯想。它往往於成人熟視無睹的地方，喚回了詩的迷魂。周粲寫作〈啄木鳥〉，繞開了科學實證所謂啄木鳥給病樹「刮骨療瘡」，而感悟到它那副虔誠恭敬的模樣，竟是在敲擊着「一隻體制怪異的木魚」。童心之妙，竟在一些習以為常的聲響動靜中，體悟到清新可喜的靈性和天籟。〈雀聲〉寫幾隻麻雀在風絲雨片裏，毫無忌憚地從這一角庭院掠過，「那谷子一般撒落／的叫聲／有的貼在芭蕉葉上／也有的／掉進水溝裏／要收集／已來不及了」。以撒落谷子喻雀聲，一經童心介入，詩行便別具神采。既是撒谷，就要收集，但雀聲忽高忽低、時清時濁，是撒在芭蕉葉上和水溝裏，令人無從收集，而只好獨立惘然了。詩行也是長短錯落，切

割得相當細碎，因而以詩的旋律呼應着雀聲的旋律。我由此想到周作人《雨天的書》中有一篇〈鳥聲〉，寫道：「我所見的鳥鳴只有簷頭麻雀的啾唧，以及槐樹上每天早來的啄木鳥的乾笑——這似乎都不能報春，麻雀的太瑣碎了，而啄木鳥又不免多一點乾枯的氣味。」能否於麻雀和啄木鳥的聲響中聽到春的氣息，這也許是有無童心所致，或許也是詩人和智者感悟世界的不同方式了。

然而，童心只是詩國的入口，而不應該同時是詩國的出口（也許兒童詩除外），在入口和出口之間，應該有更多的感情沉積、哲理昇華和意象經營。周粲早年的一些詩之所以顯得清淺，就是由於出口和入口距離太近了。他曾經寫過一首〈經驗〉，可以看作是初入中年時對這個問題的反省。雖然他對嬰兒說，「假如要看世界／要探測三葉蟲和恐龍的神奇」，「請借給我／你搖籃中乳香的眼珠」；但到了要用雙手處理世事，作為成人，「我仍愛自己的一對／燭火的舌頭雖美麗／我不去觸它」，因為過分地學兒童，也會成為另一種矯揉造作的。

正是在童心的尋找和失落之間，周粲詩吟味着自然與社會、時間與人，平易中帶有幾分清婉，明淨中滲入淡淡的憂鬱，產生了令人心醉神搖的審美效應。〈踢毽子〉寫，「從漢朝」把毽子「一路踢了來」。在毽子的升降飛舞中，「不小心一落地／跌碎的／竟是個／清湯掛麵的童年」。〈寄生蟹〉寫失去了「一段漫透了童聲的記憶」和「許多連淚水也甜蜜的時光」，因而尷尬驚惶得如同寄生蟹，「偶爾出遊歸來／竟找不到／小小那個／原先棲身的殼」。踢毽子跌碎童年的失落感，寄生蟹出遊找不到棲身殼的無所歸屬感，都閃現出中年人省悟本族類的生存境遇時那副

悲涼和憂戚的面容。當童心未泯的直覺為中年人的省悟所昇華之時，周粲詩出現了深深撥動人的心弦的新意象和新境界，換言之，周粲體高度成熟了。

二、蟬螢蓮月的意象翻新以及簫笛琴箏的意象組合

周粲的中年人省悟雖然具有深邃的現代人類意識，但作為一位獨具風格的詩人，他畢竟屬於東方。他有豐厚的中國古典詩詞的修養，他的中年智慧包括從中國詩詞中擷取千古傳誦的蟬、螢、蓮、月等意象。周粲提到，有人認為他的小說「比較適合中年人看」（《〈窗外那雲〉後記》）。其實他詩中新舊重疊、轉喻象徵的意象之精微處，也需要學有所得的中年人才能參透。

蟬是中國古詩借物起興的常見的意象，唐代詩壇就有「詠蟬三絕」，或如清人施補華《峴傭說詩》所謂：「三百篇比興為多，唐人猶得此意。同一詠蟬，虞世南『居高聲自遠，端不藉秋風』，是清華人語；駱賓王『露重飛難進，風多響易沉』，是患難人語；李商隱『本以高難飽，徒勞恨費聲』，是牢騷人語。比興不同如此。」

周粲詠蟬，沒有以蟬自喻，離比興而趨歸自然。他把蟬聲喻為清細的游絲，纏繞住時間這個不可把握、卻每令人困惑的東西。其意象之深邃和着墨之多彩，均屬蹊徑獨闢。他問蟬，把聲音絲線拋得那麼遠，能收得回來嗎？帶有幾分童真，幾分靈秀。他稱蟬「拿着金屬片串成的樂器」在林間搖響，驚起黃蝶，驚落黃葉，卻把初醒的人又搖入另一個悠遠的夢鄉。是多了幾分蕭清，幾分閒適。在《蟬季》一詩中，他似乎要代替蟬收拾那沒完

沒了的聲音絲線，「纏作一粒絨線球」，然而「把蟬捕了／裝在盒子裏／是孩子們做的事」；「誰能／裝進盒子裏／把整個長長的夏日」？為詩也是歷險，要敢於在重蹈舊轍處別出機杼。同是「裝進盒子裏」，裝進蟬，不足為奇；裝進絨線球般的聲音，已可人意；豈料還要裝進與蟬有關、又如絨線一般綿長的夏日，這便出人意表了。這種縱深聯想，頗得山重水復、柳暗花明之妙，詩人站在「孩子們」之旁而發中年人的時間感懷，已在重複和迭進的筆致中變得餘韻悠然了。

　　無須精細統計就可斷言，月是中國古代詩詞中使用最多，也最具有夢一般魅力的意象之一。王昌齡詠秦月漢關，早被譽為唐人七絕的壓卷之作。周粲〈問月〉、〈坐月〉、〈月下〉、〈中秋1976〉諸篇，均以月為主體意象。這裏已流露出現代人對古風撲撲的詩意的危機感，〈中秋1976〉抒寫現代文明的發展，使一個美麗神話夭亡，「當嫦娥遁去／坍塌的廣寒宮／一片廢墟／吳剛死　玉兔烹／斧頭生銹／桂樹化成泥」。一種廢墟意識瀰漫於字裏行間，但詩人還是強顏作笑。〈月餅〉一詩稱月餅「當然是月亮做的」，因此握刀切餅之時分外小心，「生怕一失手／把它的圓和亮／切碎」。詩人似乎在呼喚着童心，在別緻的設喻中把天人合而為一了。

　　然而當詩人把月作為世事滄桑的見證者之時，他又難以壓抑心底的悲涼。〈問月〉一詩寫團團圓圓明月向「我」描述着前漢陵闕、盛唐詩仙，但此後又是一串同屬人間天上的歲月，「有一年／也是中秋／水似的清暉裏／那個月／又會把我的故事／告訴什麼人」？這番設問，是同中國古人「念天地之悠悠」的時空感興相溝通，甚至可以說，它是點化了李白〈把酒問月〉的詩意：

「今人不見古時月，今月曾經照古人。古人今人若流水，共看明月皆如此。」日月升沉把時間的流逝具象比了，因而中國傷離歎老的古詩對夕陽和皓月尤為敏感。周粲從這個敏感區獲得與明月對話的靈感，他自然不能排除「人生幾何」的無端憂慮，但這種憂慮卻以恬淡寧適的扯「閒情」的筆墨出之。月與他談論着李白，不知若干年後，月又會與不知何許人談論着他，似乎都談得「倜倜儻儻，瀟瀟灑灑，如同不曾經歷任何滄桑」。解愁而不說愁，憂慮之情而以恬靜之筆出之，這種反面着墨的筆法，較之那些少年強說愁的文字，別具一番深邃的、耐人玩賞的意味。

組詩的出現，是《時光隧道》集一個突出的現象。它通過多種意象的錯綜組合，反差映襯，為所謂周粲體增添了不少魅力和份量。其中的〈管弦〉和〈觀樂篇〉，都堪稱一時詩作難得的妙品。周粲有非常精緻的音樂感受能力。〈觀樂篇〉有小序云：「我喜歡聽中國古典音樂，尤其對作曲家能夠給樂曲取那麼美的名字，表示驚奇。我覺得幾乎每一首樂曲的名字，本身就是一幅畫，也是一首詩。」可見他的音樂感受力，也是與憑詩書禮樂治世的東方文明相聯繫的。

〈管弦〉篇凡六章：「管」三章，為簫、笛、嗩吶；「弦」三章，為琵琶、二胡、箏，均以東方古樂器為抒寫對象。關於笛，寫道：

胡琴病了 / 琵琶老了 / 鐘鼓死了 / 只有你 / 這支橫在牛背上的笛 / 永遠那麼年輕

它賦予古老的樂器不同的命運，或不同的生命色彩，並在繁複的意象中烘托出笛的青春氣息。應劭《風俗通義》引馬融〈笛賦〉：「龍鳴水中不見己，截竹吹之音相似。」水中龍吟，

已描繪了笛音的清幽圓潤。周粲詩則進而描寫其鄉間少年的性格，年輕快樂，逢人「便急着訴說」一些美好的事。一個「急」字，剔出了少年人的脾氣。訴說的是早春二月，江南的花「又紅又多」，江南的水「又綠又長」。在這裏，笛的意像已同白居易〈憶江南〉一詞的意象相重合，而那四個「又」字又使少年人急於訴說的情形躍然紙上了。

這是否可以使用「獨步詩壇」一類形容詞呢？反正周粲已不停留於描摹樂器的形制和聲響，而是從形制和聲響中抽象出樂器的性格和精魂。又把其性格、精魂置於歷史煙雲、人間悲歡和自然動靜之間，進行別開生面的描寫。與笛的性格之樂觀歡快相映襯，簫的性格為迷惘哀怨，此外如嗩吶之歡樂喜慶，琵琶之淒楚辛酸，二胡之寂寞苦澀，箏之沉靜純潔，都寫得性格互異，意趣精微，顯示了極高的藝術表現能力和對詩之體制的獨創能力。詩人在〈弦〉三章之前，引有王建〈調笑令〉：「弦管，弦管，春草昭陽路斷！」昭陽宮的路可以為春草遮斷，而周粲卻伴隨弦管清音，飛架起通向詩之高峰的虹橋。

三、東西交融的語式組成沉鬱清遠的境界

《時光隧道》中有一首〈滴入唐詩的水〉：「在水龍頭盛了一杯水／正想喝下／那人突然喊住我／說慢着／我給你滴入一點唐詩」。於是水的顏色變得五彩繽紛：紅得像五月怒放的榴花，黃得像一園未摘的枇杷，綠得像春風過後的江南岸。這是周粲審美趣味的「天子自道」和極好象徵，水龍頭是工業文明時代的輸水設備，唐詩則是古老的東方文明的神韻所蘊，所謂「滴入」就

是追求東西交融。無論是周粲詩中的意象經營，還是語式操作和境界開拓，箇中妙處，莫不於此。

　　周粲詩屬於現代自由體，但請不要看輕自由體的語式工夫。格律詩是「戴着鐐銬跳舞」，它對語式的選擇和錘煉帶有強制性，其能事主要是「出新意於法度之中」。自由體脫去定型的鐐銬，全憑詩人自主的選擇和安排，全憑他對語言的情緒色彩和音義旋律的精細感覺，對於一個真正的詩人而言，這也許是更嚴峻的考驗。周粲說：「在新詩的創作中，往往需要在詞語的運用上，作不斷的嘗試和創新。作者必需摒棄舊的構詞習慣，把詞語根據個別的需要，重新組織起來。這種情形，就好像擅長於花道的人，把枝頭的姹紫嫣紅剪下之後，再匠心獨運，完成插花藝術中超凡超俗的作品一般。」（〈一種粉蝶的淒情〉）這誠可謂寸心甘苦之言。

　　他的〈雁落平沙〉，便是新詩語式之「插花術」的極妙運用，其用語式變化操縱情緒旋律的起落疾徐，稱得上出神入化。詩人化身為雁群，稱「秋日的天空是我們的」，一開頭就展示了遼闊而舒緩的語式節奏，烘托着「我們」（雁群）南飛時或組成「工整的一字」、或組成「巨大的人字」的自由自在的心態。隨之節奏變得急促而淒厲，因為西風使夢也變得蕭索，橫過江渚的雁群以數聲啼叫驚動客舟中落寞的中年人。最後節奏順勢下滑：

　　原野蒼茫／沙岸遼闊／落下　落下／我們／輕輕的／如片片黃葉／白了／許多蘆葦的頭。這裏用了幾個重言疊語：落下落下、輕輕、片片，使節奏下滑時出現了語勢的迴旋，以醞釀着蒼涼的意蘊。終於「白了」自成一行，把「了」字拖長，似乎是一聲無盡的歎息。而雁們棲止之後，舉目四望，遍野是蘆花飛

白，這聲歎息的落腳點大概就是時序的更迭了。美國人稱秋為「Fall」，這裏的「落下，落下」，「如片片黃葉」，是否受到這個詞的啟發，不得而知。但全詩以「2-4-8-6-2」的句式排列，是與情緒節奏的「開闊—自由—淒厲—滑落—凝止」的序列相貼合的，構成了一種分寸感極強的內在旋律。

在語式錘煉中，周粲擅長於平易處尋找奇警。一些奇特的設喻往往令人讀之眼前一亮，形成獨具意味的「詩眼」。比如〈所謂新年〉寫除夕圍爐與舊歲惜別，那裏有「回望時／天邊淡去的／三百六十五具太陽的金屍」。這就以一個非常奇特的比喻，叩人心弦的歲月流逝凸現出來了。其餘如〈要求〉把十里沙灘上的貝殼，比作「全是海的耳朵」，堪稱精巧玲瓏；〈夜色〉把夜幕降臨寫得有點強盜氣，「已黑衣蒙面／紛紛從屋頂／跳下來」，顯得怪異陰森，都是一種別出心裁、不同凡響的語式配置。

在句式排列上，周粲詩主要靠調節句讀的長短疏密，造成抑揚頓挫的旋律感。到了《時光隧道》時期，偶或變異求新，充分利用方塊字單體載義的特點，把一個短語拆作一字一行、錯落排列，從而把內蘊的情緒旋律訴諸字面視覺。〈問蟬〉寫蟬把聲音的絲線「拋得那麼遠」；〈清明〉寫祭墳的紙灰「翩然遠去」，引號內的短語都是一字一行，在紙面上顯示了空間距離。〈路上〉寫人生走在「曲曲折折」的路上，把「曲曲折折」四字寫成曲曲折折的四行。〈葉落圖〉寫高枝上的綠葉看着向它們告別的落葉，看着那「且墜落且揮手的」片片黃金，又把引號內七個字分行傾斜排列。這些排列方式對有關短語起了強調作用，強化了其畫面感和情緒色彩。詩人彷彿是作曲家，把情緒的音符錯落有致地安排在五線譜上，又如樂隊指揮，以筆為指揮棒，把自己的

情緒凝聚在棒端的一挑一撥之間。補充一句：《時光隧道》對這類特殊句式的運用是知道節制的，大概百中居其四五，否則就容易流於俗濫了。可知周粲詩對語式句式的運用，到底是遵循着蘇東坡所謂「隨物賦形」的法則：行於所當行，止於所不可不止。

　　至此：「周粲體」的肌理和神韻可謂大體上勾勒出來了吧。童心的直覺和中年人的理趣，使它所擷取的意象鮮亮而深沉。中西交融、別具熔裁的語式句式，又使意象的點染、組接，帶上幾分清婉別致。由此而形成的周粲審美境界，可以用得上四個字：沉鬱清遠。這種境界是非常「有我」的，「有我」的一個緣由是他的一些佳作中，內在地滲透着一種撩撥人心的時間意識。換用他的詩集題目上的詞語，就是這些佳作穿行於「時光隧道」，綻開着「千年之蓮」。誠若《捕螢人‧後記》所說：「我自認是一個對時間的流逝頗為敏感的人，所以跟時間多少有關係的詩，月積年累，為數不少。」

　　周粲對時間體驗之豐富，堪稱一絕。時間可以承載在荷葉上：「有雨聲三五／滴破晚唐的詩卷」（〈荷〉）。它又可以粘附在落花上：「看時／在枝頭／／再看時／又不在枝頭」（〈墜落，突然地〉）。詩人可以繁忙時把時間肢解：「在艷陽下／砍斷它一雙手臂／／在風雨中斬下它的頭顱／／在星光閃爍裏／剜出它兩隻眼睛」；「到了你揚長而去／日子的地上／才能狼藉着／有聲有色的／二十四小時」（〈肢解〉）。詩人又可以在歇息時把時間聚集；匆忙撰稿之際想到休息，「渴望羲皇上人／一個可以袒腹高臥的北窗／抑或不知東方之既白的／一艘蘇東坡的小船」（〈渴望〉）。在時間的聚散流轉之間，作家別開生面地體驗着自然、歷史和人，體驗着其間的青春與遲暮、短暫與永恆、

成功與失落、喜慶與悲涼，字裏行間蕩漾愈來愈深沉的憂鬱情緒之流。這段時間和情緒之流，在〈田田〉一詩中借漢樂府「江南可採蓮，蓮葉何田田」的意象，流過金粉的六朝、李杜的唐，以及宋元明清，直至現代。又在〈圓明園一瞥〉一詩中借現代人的想像，開一部時間機器，使圓明園躺了百多年的石柱，伸個懶腰，一根接一根硬硬朗朗地站立起來。這種憂鬱清遠的時間體驗，已使周粲的一些詩意出現了既是東方式的、又是現代性的古今雜揉的審美境界，比如那首〈觀燈〉，寫今人在元宵夜觀燈，「時代不是宋／地點不是長安大街／但遊人如織／笑語屧聲裏／竟婉婉約約／走着一些朱淑貞」。

這就是周粲體，它獨特的意識和形式，溝通了今人與古人的對話，人與自然的對話，東方與西方的對話，丰姿綽約，餘韻邈遠。對於這個來自萬里之外的聲音，我能說些什麼呢？我只好套用他〈寒山寺〉的話，以肅穆的耳朵等待這尊東西合璧的銅鐘，繼續發出撞碎地域和時間原壁的巨響了。

海外的中國管弦樂
——讀新加坡詩人周粲的〈管〉與〈弦〉

李元洛

　　新加坡華人詩人周粲，對中國許多讀者還是一個陌生的名字。但是，只要我們站在南中國的海岸，用長焦距雙筒望遠鏡眺望新加坡華文詩壇，我們就可以發現這一顆詩星耀目的光芒。本文所要介紹的，是他的組詩〈管〉與〈弦〉。〈管〉這組詩包括〈簫〉、〈笛〉、〈嗩吶〉三首作品，〈弦〉則包括〈琵琶〉、〈二胡〉、〈箏〉三篇，它們吹奏在一九八五年七月台灣出版的《藍星》詩刊第四號之上。

　　周粲，原名周國燦，新加坡著名詩人和作家，曾任新加坡寫作人協會副會長。一九三四年生於廣東省澄海縣，一九六零年畢業於新加坡南洋大學，獲文學學士學位，不久又獲新加坡大學文學碩士學位。曾任新加坡政府教育部華文專科視學多年，並擔任新加坡教育學院中文講師，現為教育部課程發展署華文顧問。周粲十七歲讀初三時，在作文中寫了一首題為〈孩子底夢〉的詩，發表於南洋很有影響的大報《南洋商報》。現在雖然剛過知天命之年，但在文學創作與學術研究方面有多方面的成就，已出版的詩歌、散文、小說、評論、翻譯著作達六十多種，其中尤以詩歌創作致力最勤，已出版詩集十種。一九七六年，他的《寫給孩子們的詩》獲新加坡全國書業發展理事會頒發的「兒童文學創

作獎」；一九八零年，他又以詩集《捕螢人》獲同一機構頒發的「詩歌創作獎」，這是新加坡最高文學獎，相當於國家大獎，兩年頒發一次，包括以華文、英文、馬來文和泰米爾文寫作的作家，因為要求極嚴，每次獲獎者都寥若晨星。胡姬花，是新加坡的國花，周粲的名作〈暗香〉是讚美胡姬花的國色天香的，在國內外已被譜成歌曲，廣為傳唱，我國的《詞刊》曾經予以轉載和介紹，但他的詩作還不大為國人所知。新加坡沒有專業作家，現在，周粲在工作之餘仍然創作不輟，我這裏所評介的〈管〉與〈弦〉，就是他最近的力作。

　　詩的題材本該有十分寬廣的領域，生活中習見的事物一般都可以入詩，重要的是詩作者要有將平凡的題材化而為詩的學力與才氣，問題不在於什麼可以寫而什麼不可以寫，關鍵是怎樣將所寫的提升為美文學的詩。在題材上過去長時期以來所形成的清規戒律與封閉狀態，應該進一步打破，要強調的是作為審美主體的詩作者孕育詩情提煉詩境的創造力。「管」在周粲的詩中指管樂器，又稱「吹奏樂器」或「氣鳴樂器」，這種利用氣流振動管體而發音的樂器，在我國其歷史久矣。《詩經‧商頌‧那》篇中就有如下的描述：「嘒嘒管矣，既和且平」，那和鳴齊奏的樂聲彷彿還從二千年前隱隱傳來；「弦」在周粲的詩中指弦樂器，又稱「弦鳴樂器」，同以弦為主要發音條件的樂器。《樂記》說：「昔者舜作五弦之琴，以歌南風」，那琴音還迴響在歷史的深處。在我有限的古典詩歌閱讀範圍中，周粲所寫的這六種樂器，除了「嗩吶」與「二胡」之外，其他幾種都是無數次地為古代詩人所歌詠過的，但是，從杜甫〈秋興〉八首與〈戲為六絕句〉開始，古人雖然也有「組詩」這種形式，但卻沒有作者對管弦樂器

作過如此集中的抒寫。古代詩人對樂器的描寫，一般是着重表現抒情主人公所聽到的音樂之美，並寄寓某種主觀的感受，如唐代李益的〈夜上受降城聞笛〉、郎士元的〈聽鄰家吹笙〉、徐安貞的〈聞鄰家理箏〉、明代石沆的〈夜聽琵琶〉等，而周粲則更直接地將樂器本身作為自己的審美對象，他主要不是客觀地從聽覺的角度來抒寫它們，而着重表現的是自己的審美聯想和想像。在中國當代新詩創作中，以樂器為抒寫對象的詩寥寥無幾，成功的作品更為少見，因此，對我們的新詩作者，周粲的這兩組詩就更加可資借鑒了。例如「嗩吶」，晉代已出現了演奏嗩吶的繪畫，明代民間的吹打樂隊中，它已被廣泛運用，但在新詩作品中，它往往只是以一個單獨的點綴者的身份出現，而周粲卻將它提升到全詩的主體位置。民族樂隊中的重要樂器嗩吶，其特色是聲音高亢熱烈，象徵熹慶，詩人對此作了出色的意象表現。〈嗩吶〉一詩以「你是來報喜的」一句領起全篇，然後圍繞「報喜」展開繽紛的意象。對於「報喜」本身，詩人只用了如下一句：「當你華彩的雷聲一響」。以「雷聲」比喻嗩吶的歌喉，十分恰切，而且又和後面的有關描寫取得了美學上的和諧。「華彩」本來是一個音樂術語，音樂中有所謂「華彩樂段」，即最華麗漂亮的樂段，這裏形容在萬象復甦的春日如雷鳴一般的嗩吶聲，也極準確而富於暗示性。在「流竄的霧色／立刻凝聚／成一道彩虹」的渲染之後，詩人一寫抽象而駘蕩的春天，一寫具象而活潑的溪流，「離家出走的春天／立刻回返／這花紅草綠的大地」，「而潺潺溪流／也尾隨你／唱它們／忍了一個節候的／歡樂的歌」，這種精彩的移情描寫，詩意地表現了嗩吶「報喜」之「喜」。最後一節則與前面構成了強烈的「反諷」。所謂「反諷」，這是西方文學批評中常

見的用語，意謂作者將兩相矛盾的事物及其情態作並列的描寫，不直接表明自己的旨意，而讓它在形象的對照或反襯中顯示出來。「嗩吶」聲是「報喜」的，而吹嗩吶的人卻「不知道什麼是歡樂」，其「反諷」之意，不同的讀者自會有不同的理解，我只想着重說明，周粲抒寫了一般作者很少觸及的題材，並且作了詩化的而不是非詩的藝術表現，這種啟示對於我們的詩歌作者是雙重的。

外形凝煉而內蘊深永，無論在什麼時代都是詩的一種難能可貴的美德。長與短並不是論詩的唯一尺度，篇幅短小固然可多上品，但篇幅稍長也不妨礙其為佳作，然而，一般說來，詩還是應該講求外形向內緊凝、內蘊向外延展的凝煉。在當前的詩作中，許多作品都患了浮腫病，詩質不足而水份有餘，此症由來已久，而且久治不愈。周粲寫作態度嚴肅，作品初成之後往往要「冷藏」一個時期，然後再加潤色修改，在成集出書之前，他還要從「真化善化美化」的角度嚴加估量，或是「補救」，或是「起死回生」，或者予以刪汰。例如《捕螢人》成集時，他從已發表的三百首左右的作品中篩選，名落孫山的佔了二分之一以上。他說：「……再過若干年，如果再給我一個操生殺之權的機會，將被我打入十八層地獄的詩，為數不知道又有多少？能刪自己的詩的，捨我其誰？（《捕螢人》後記）因為有這種可貴的藝術責任感，周粲在詩藝上才特別主張凝煉。在詩評集《剝蕉記》中，他多次表述了自己的詩學信條：「詩畢竟是詩，不是散文，能夠濃縮的地方，都應該盡量地加以濃縮，否則，便顯得鬆弛無力了。」詩歌的特點之一，是文字經濟，有時必須意在言外。」──嚴肅的創作態度和正確的美學原則，使他的作品大都具有

篇幅短小而詩味濃郁的美質，例如《捕螢人》中的作品，大都在二十行左右，只有一首詩單兵遠征，到達了四十行的邊界，但也沒有再敢越雷池一步。〈管〉與〈弦〉這兩組詩，同樣具有篇幅緊凝而詩意雋永的特色。

　　〈管〉、〈弦〉所包括的六首詩，最少的十六行，最多的也沒有越過二十行的警戒線，有兩首到了第十九行就馬上止步不前了。篇幅短小還不足以說明一定就是好詩，而幅度簡約而天地開闊，而且能強烈地刺激讀者的審美聯想和想像，那就一定是詩的佳品。讀這種詩，如同體魄強健而競技狀態良好的運動員的百米跑，精力彌滿而電掣風馳，給人以強烈的美的享受；又好像遊賞一個小巧而曲徑通幽的園林，在山迴路轉之中又別開妙境。如〈琵琶〉篇幅簡約而信息容量不小，而且能激發讀者進行藝術再創造即信息反饋的積極性，就是因為詩人以現代的觀點和手法，含蓄地化用了前人的詩篇和詩意。「琵琶」在我國流行近兩千年，周粲說琵琶聲裏夾雜着潯陽江水的嗚咽和一個中年婦人辛酸淒楚的故事，這種語言本來就是詩的，它讓讀者聯想起白居易的〈琵琶行〉，從而在想像中擴大了詩的容量。古人寫琵琶，總不脫「愁」與「恨」的基調，而且往往和漢代王昭君的故事聯繫起來，杜甫〈詠懷古跡〉不就說「千載琵琶作胡語，分明怨恨曲中論」嗎？周粲詩的第二段寫的就是這一回歷史的哀怨。第三段化用的「詩典」更多（化用古人詩篇也可以說是活用典故的一種方式，故我稱之為「詩典」），讀者會想到唐詩人王翰的〈涼州詞〉和陳陶的〈隴西行〉。今人寫琵琶而化用古代詩人寫琵琶的詩篇和意境，這就如英美現代詩人艾略特所說的構成一種「同存結構」，它具有一種歷史的深度和深層的文化沉積，能引

起有相應文化修養的讀者的積極想象，而在讀者的接受和參與之下，詩就獲得了更大的信息容量。作為組詩殿軍的〈箏〉算是最長的了，也只有寥寥十九行，寫法與前幾首都不同，而且也有引人聯想的詩趣。詩人在開篇提出問題之後，第二、三段都是從聽覺對象上對箏進行描摹，他描寫了五個意象，即：「風」、「修竹」、「鐵馬」、「雨滴」、「山泉」，雖然全部用了「不是」、「也不會」、「也不是」這種否定句式，但卻紛至沓來地誘發讀者對於箏聲的多種想象。如果前面還是以聲狀聲，那麼，最後一段卻是出人意料的筆墨：「彈奏這闋曲子 / 在人靜時的 / 只有那一塘池水 / 水裏紛紛湧現的 / 一朵接一朵紅蓮。」這是以視覺形象去表現本來訴諸於聽覺的形象，是聽覺通於視覺的藝術通感，「一朵接一朵」，象徵箏的一個一個樂音，而「水紅蓮」的意象則傳神地表現了箏聲的脫俗和華美。「箏」在戰國時代已流行於秦國，這古老的樂器，在周粲筆下得到了現代的詩的表現。

詩，是高明的語言藝術，語感不強語言貧乏的人，絕不可能成為詩人，當然，缺乏對生活真實而獨到的審美感受與審美發現，只是在文字的表層與拼湊上下功夫，也同樣不可能成為詩人。作為一位有學養有才情同時又忠實於藝術的歌者，周粲是十分看重和刻意追求詩的語言美的。他的組詩的語言美有多種表現，我只想着重說明一點：古典風與現代風的交流，習慣性與特異性的組合。

周粲的詩寫的是古老的樂器，而且大都融化了古典詩人的詩意，採用了許多文言詞語和古典詩詞中習用的詞語，所以在語言風格上自然就呈現出古典的韻味，但是，周粲畢竟是當代詩

人，他不能容忍自己的語言是古典詩詞語言失血的再版，他要從當代的角度和現代人的觀點來處理他的題材和語言，因此，他的語言既有古典的芬芳，又有現代的活力，正如他在〈讀鄭愁予的詩「錯誤」〉一文中所說：「詞語雖是舊的，化入詩句之後的意象卻是新的。而且不是現代的新，而是古典的新。所謂古典的新，意思是說作者在這首詩中所塑造的人與景雖然是古典的，詩句卻是新的。」例如〈二胡〉一詩，在組詩中別是一種寫法，它主要不是寫「二胡」本身，而是寫拉二胡的老人。讀這首詩，我總是想起著名的民間藝術家、〈二泉映月〉的作者和演奏者瞎子阿炳，耳邊總飄來他如怨如訴的樂音。在「非關病酒，不是悲秋」的古典起調之後，「紅泥小火爐」一句，又令人憶起白居易的絕句「綠蟻新醅酒，紅泥小火爐。晚來天欲雪，能飲一杯無」（〈問劉十九〉），然而，詩的主人公卻沒有那種病酒悲秋的閒情逸致，接下來的「蒸的不是茶／是苦藥」卻是現代的「俗」與古典的「雅」的強烈對照，「苦藥」這一現代詞語，就概括了主人公的悲涼身世和淒苦晚景，同時也展示了全詩特定的氛圍，這種氛圍，由後面的牆角野花、黃昏風緊，繽紛落葉以及喃喃低訴作了充分的渲染。又如〈箏〉的第三節：「連泉也不是／泉在空山／且走且測量／自己的歲月。」「泉在空山」一語濃縮省淨，富於古典風韻，這種「×在××」的語式，我們在讀古典詩歌時常常可以不期而遇，唐代項斯的〈贈別〉詩中，不是就有「魚在深泉鳥在雲，從來只得影相親」之句嗎？但是，「且走且測量／自己的歲月」，就完全是現代的詩語，現代用語中的具象動詞「測量」和表時間的抽象名詞組合在一起，虛、實相生。人、物交融，詩意就如湧泉了。〈簫〉詩也是如此，魏晉時即已用於獨

奏、伴奏和器樂合奏的尺八之簫，其孔有六，正面五孔，背面一孔，其聲幽而可怨，李白有「簫聲咽，秦娥夢斷秦樓月」之詞，明代施漸也有「半夜聞簫莫問誰，急將幽意向人吹」之詩。周粲〈簫〉的開始，化用秦觀〈踏莎行〉中「霧失樓台，月迷津渡」的詞意，而最後一節開始的「風聲雨聲裏／無限哀怨」，用語頗有宋詞風味，但結尾的「一時都爭着／要從每一個敞開的圓孔／向外流竄」，簫聲「爭着」從孔中向外「流竄」，化無形為有形，用現代生活中的口語，新穎而警動。

　　語言的習慣性與特異性的組合，也是詩歌語言藝術之一端，同時也是周粲詩語的特色。語言的習慣性，即長期以來人們所約定俗成的詞法與句法。一般而言，詩作者對文法和邏輯是應該遵守的，破壞了詞語習慣性的組合方式，胡編亂造以為創新，那種作品就只能是「無人會，登臨意」的天書。周粲曾經說過：「即使對於考取到萬國駕車執照的詩人來說，這種文法上的交通規則，還是能遵守則遵守的好。」（〈從燈火到月色〉）但是，對本應最富於創新精神的詩人而言，卻又不能完全囿於習慣性的語言聯結和語言方式，而也應講求合於詩的規範的特異性，背反那種習慣的陳舊的語言方式，讓詞語與詞語作新穎的詩意的聯結和組合。在周粲這兩組詩中，最突出的是〈笛〉的開篇：「胡琴病了／琵琶老了／鐘鼓死了／只有你，這支橫在牛背上的笛／卻永遠那麼年輕。」在「胡琴」、「琵琶」、「鐘鼓」這些專有名詞之後，詩人竟然分別接上「病了」、「老了」、「死了」這樣的形容詞而兼動詞的詞，這種層遞性的排列組合真是匪夷所思，別饒佳趣。「笛」在春秋末期已經出現，可見其資歷之深，但是，周粲詩中的笛呢？卻出人意外地和「那麼年輕」、「十分快樂」

組合起來。笛本來是「吹」的，現在卻急着「訴說」江南早春二月的風光。這首詩所表現的特異性的語言方式，將新穎美和詩意美結合起來，恰到好處。我們且聽周粲的經驗之談：「在新詩的創作中，往往需要在詞語的運用上，作不斷的嘗試和創新。作者必需摒棄舊的構詞習慣，把詞語根據個別的需要，重新組織起來。這種情形，就好像擅長於花道的人，把枝頭的姹紫嫣紅剪下之後，再匠心獨運，完成插花藝術中超凡脫俗的作品一般。不過，破壞與建設之間、殊難有明顯的界線，有時失之毫厘，謬以千里，竟至於招畫虎不成反類犬之譏。」〈一種粉蝶的淒清〉，這，確實是深得詩語三昧之論。

　　在遙遠的新加坡華文詩壇，已知天命的周粲手持中國的玉笛，我祝他永遠年輕而十分快樂，吹奏十分快樂而永遠年輕的歌！

──原載中國北岳文藝出版社

《名作欣賞》第三十八期

小詩集是床頭必備的書
——讀《小詩‧床頭書》

　　好久以前，我就希望看見一本這樣的書。

　　我想：能作為「床頭書」的書，應該是多樣的，未必局限於「小詩」。因為我知道：有些人的床頭，堆放着的可能是武俠小說、推理故事，一亮了床頭燈，一翻開書頁，便被情節的發展吸引住了，欲罷不能，也就根本睡不成覺。思想性、學術性太強的書當然也不理想，頭昏腦脹之後，還怎麼進入「甜蜜的夢鄉」？以小詩選集作為床頭的精神食糧，情況就大不相同了。對於這種內容的書，你是可以欲讀則讀，欲罷則罷的。讀得興起，就多讀幾首；覺得只讀一首，也心滿意足，那就立刻「釋卷」，見周公去可也。

　　這本由爾雅出版社出版，詩人張默編選的小詩集所選的詩，短則二行，長則十行，入選的詩人，從五四運動時期到「當今之世」。每人選詩一首，共得一六八首。（據說一六八者，一路發也；是目前吉祥的數目字。）

　　小詩的行數，就像微型小說的字數一樣，是始終沒有定論的。張默把小詩的行數局限在二到十之間，恐怕只是基於編選的方便。我個人是偏愛小詩的，對於五行以內的小詩，尤其情有獨鍾。總認為把詩的行數減少、縮小了，閱讀時注意力更能集中。

因為高度的集中，便更容易有發現和體會。所以我底下要談的小詩，都是這個行數以內的。先看看楊華《黑潮集》裏這首詩：

　　飛鷹飢餓了
　　徘徊天空，想吞沒一顆顆的星辰

　　儘管它是一首有寓意的好詩，但是因為它是小詩，最好能做到「字字珠璣」，也就是文字越精簡越好，所以我認為它是可以以這樣的「姿態」出現的：

　　鷹餓了
　　徘徊天空，想吞沒每一顆星

鄒荻帆的〈大別山題壁〉是這樣寫的：

　　兩肩不能挑着田地逃，
　　還是和鬼子拼一遭。

　　第一行詩除了交待要跟鬼子決一死戰的原因，詩人思路的新穎，形象的鮮明、突出，也能使人讀後留下深刻的印象。

　　〈瀑布〉是彩羽的作品：

　　雷霆般勢欲凌空而下，這面已然粉碎的鏡子
　　竟而毫不自覺地，又在一條溪澗之內還原

在彩羽眼中，瀑布是「粉碎的鏡子」，這個比喻並不算如何的特出。這首詩的精妙處，在於詩人對「還原」此一意象的經營。至於我提起這首詩的另一原因，是行數問題。在這裏，〈瀑布〉是歸入兩行的詩的，但是我們都知道：若把它另作分行，它不就變成一首四行的詩嗎？

在書中十七首二行的小詩裏，我最欣賞的是瘂弦的〈月西書〉：

> 一條美麗的銀蠹魚
> 從《水經注》裏游出來

像這樣的詩，我們恐怕非把它說成是「神來之筆」的詩不可。我們也可以說它是一首「可遇不可求」的詩。試想：要不是各種條件（蠹魚、《水經注》、游）的配合，瘂弦本事再大，也寫不出這首「妙手偶得之」的詩。我想：讀這首詩的人，不拍案叫絕，莞爾而笑者幾稀。

在二行的詩裏，黃粱的〈愛情〉也頗引起我的注意：

> 有一天我打開月亮
> 發現裏面裝滿了稻草

在這首詩裏，詩人告訴了我們他對愛情的看法。他當然可以有這樣的看法。妙就妙在他能把月亮「打開」（真是奇思妙想

啊），還能發現裏頭藏的不是能發亮發光的鑽石、珠寶，而是毫無光澤的稻草。這首詩，的確耐人尋味。

陳去非在看見〈小溪〉時，寫下了這首詩：

巧遇亂石
這傢伙就更加口沫橫飛了

讀這首詩的人，當然都知道詩人不是單純在寫景。他採用的是一箭雙鵰法，既令人「看見了水在有石頭的小溪中流動的情景，也明白詩人所描繪的、現實生活中的某些人物，是怎麼樣的一副嘴臉了。「巧遇」二字，寓意頗深，可圈可點。

三行詩中的〈考試答案〉，是王德志想像力的飛升。他說：

把英文答案都藏在水罐裏面
考試時
做一題喝一口水

我相信詩人特別強調「英文」，是有他的原因的；否則，只說「答案」就行了。題目也可以精簡為〈考試〉。這一來，省略了一些贅詞的詩將會是這樣的：

把答案都藏在水罐裏
考試時
做一題喝一口

綠原用對比的手法來寫〈航海〉這首詩：

> 人活著，
> 像航海。
> 你的恨，你的風暴
> 你的愛，你的雲彩

在人生的海洋中，風暴和雲彩都是極可能碰到的「東西」。至於孰多孰少，就全視有關的人採取何種態度了。即：恨能帶來風暴，愛則可迎來雲彩。我們肯定是會拒絕風暴而接納雲彩的。

畢竟是出自名詩人余光中之手，〈楓葉〉這首詩，實在無懈可擊；不信，請看：

> 秋天，最容易受傷的記憶
> 霜齒一咬
> 噢，那樣輕輕
> 就咬出一掌血來

說到意象，這可稱為一首意象十分鮮明、突出，深具代表性的詩。受傷、齒、咬、血，環環相扣。它使本來靜止的景物，忽然間活了過來。「紅於二月花」的霜葉（楓葉），在形象上，是跟手掌非常接近的，缺少的是「紅」這個特點，現在經「血」一染，就使相似點更增一分，驚駭的效果也特別強。

　　寫慣了童詩的林煥彰的詩，文字總是很淺、很淡，但這並不妨礙他寫出耐咀嚼的、趣味盎然的、詩味獨具的詩。〈終於〉就是一個很好的例子：

　　　雨停了，屋簷上
　　　最後一滴雨水想了很久

　　　終於，忍不住
　　　掉了下來

　　讀者應該注意的是：題目不用「雨滴」而用「終於」，顯然說明了詩人要強調「終於」這個時間上的特點。正因為這個特點，才能使詩人在經過一番觀察之後，化平淡為神奇。一個「想」字，給雨滴注入了生命，注入了思想，也間接地賦予讀者解讀過程的無窮樂趣。

　　「生」之為物，每個人都有不同的經歷和體會。張香華的是這樣的：

　　　亮麗的太陽流蘇裏，
　　　我們是陽光曬下的一把金黃谷子
　　　翻滾、播揚、跳躍
　　　在每一寸時空的廣場

你看，好樂觀、陽剛、正面、積極的態度哪。流蘇、陽光、谷子等比喻，也有一定的合理性。最特出的是全詩動感十足，強烈的光線，使人不敢正視；金石般的震盪效果，更叫人透不過氣來。

〈黃河斷流〉是桑恆昌的詩：

不該走的走了
該來的還沒有來

岸，親娘一樣
眼巴巴地等着

我們常說「捕捉」，這就是詩人在目睹了眼前的景象之後，得出的屬於他自己的「結果」。詩人捕捉的能力之強，於此可見一斑。該捨棄的都捨棄了，該保留的都保留了，最後就只剩下這幾行有生命力的、簡潔至極的詩行。讀這首詩，讀者必須凝神屏息，正如「江雨欲來風滿樓」那一刻的情形一樣。視流水為孩子，岸為母親，獨創一格，都緣詩人獨具隻眼，有以致之。

生活中有許多景物，我們都隨看隨流失，不加留意，更不會把它們塑造、經營為詩。胡的清似乎「得來全不費功夫」地寫了〈空房子〉組詩中這麼一首：

> 一隻鞋
> 在另一隻鞋的
> 陰影裏
> 入夢

　　深刻的觀察力，善良的心靈，豐富的想像力，構成了這首既可愛也溫馨的詩。

　　請看鯨向海的詩〈一星期沒換水的夢境〉：

> 又湧起了這麼多意志
> 一頭大翅鯨融解在海裏
> 魚骨巨大斑駁
> 颼颼還在向前游去

　　這又是另一類型的詩。雖屬小詩，但大氣澎湃。詩人善於給原始的、處在素材階段的文字着色，使它們亮麗繽紛起來，於是有了「一星期沒換水的夢境」這樣的陳述。說這首詩有濃厚的「自傳色彩」，也許距離事實不遠。說到解讀，這也是一首非解讀不可的詩。什麼是詩人的「意志」呢？答案就在接下來的三行詩句裏。「湧」字，「游」字一脈相承，最叫人讀得瞠目結舌、驚心動魄的是鯨體在大海裏的融解和隨後骨頭的破浪前進。「颼颼」二字，更是繪聲繪影。

　　由於詩人名叫鯨向海，使人附帶想到，是先有詩作才有人名呢，還是先有人名才有詩作？

五行的小詩裏，我對多才多藝的羅青的〈回家〉情有獨鍾：

　　已經沒車子搭了
　　你要是堅持
　　搭鞋子回家
　　我便騎晚風
　　陪你

　　詩的副題是「一首過時的情詩」。過時也好，沒過時也好，反正是情詩。說到語言，跟林煥彰的一樣，淺白得不得了。趣味呢？詩意呢？濃厚得要命！高手下筆，大略如此。
　　我也喜歡劉小梅的〈生活協奏曲〉：

　　白髮來敲門
　　我請它稍等

　　它說快點快點
　　我還要挨家挨戶去送
　　老

　　面對這樣提煉又提煉，淡如白開水，又閃閃發光，並擲地能作金石鳴的詩，我這個酷愛強作解人的人，還能說些什麼話呢？還需要說些什麼話呢？我只想到自己還有一雙手，於是趕緊大力地鼓掌。

後記

　　花了一兩個星期的時間，我終於把這本詩集整理出來了。說實在的，我大大地鬆了一口氣。

　　我所以把它分為三輯，是因為第一輯裏的詩，都是從我以前出版過的詩集裏挑選出來的。這並不意味着這些詩比其他的詩好，而只是我個人對這些詩比較有好感。如果挑選的工作落到另一個人手裏，肯定又是另一番風景了。這也說明了一般的自選集，往往跟選集是多少會有差別的。早在我二十歲以前，我也有幸出版了詩集，但是裏頭的詩，我一首都沒有選上；所謂「悔少作」，那個時期的作品，現在看來，天真無邪有餘，成熟精彩不足，這些作品，丟棄之唯恐來不及，怎麼還會讓它們再次亮相，以貽笑大方呢？

　　第二輯裏的詩，有一個特點，就是一般都比較短，有的是以組詩的形式呈現，有的則是為了發表時的方便，分成一組一組，每組十首小詩。各組詩的內容，未必有任何關係，不過像〈新加坡植物園十詠〉那一組詩則屬例外，它是環繞着新加坡植物園這一主題而寫的。讀者如果稍有留意，一定不難發現，這本詩集和我以往的詩集最大的不同點，就是這本詩集裏的小詩以及小小詩（兩者當如何劃分呢？）特別多。像〈黃山與我〉及〈海天線廿五詠〉，有的每首只有兩行，也把它們歸入小詩的範疇中。其實台灣詩人張默先生編選的書《小詩・床頭書》，就選了〈海天線〉這組詩裏一首只有兩行的詩。

　　至於第三輯裏的詩，多半已在報刊上發表過，只有少數是寫了，尚未發表。這些詩，全部以單一的姿態出現，其中有幾首，如〈鏡花水月〉、〈夏夜滅燈獨坐〉，行數較多，其餘絕大多數，都是十多行的、名副其實的小詩。縱觀這本集子裏的詩，我自己也發現到：我的詩，基本上，是越寫越短了。從某種意義上說，這是不是也可以稱之為「由博反約」呢？如果可以，那倒是一件好事；能長話短說，總比嚕嚕囌囌，「下筆不能自休」好。再說，站在讀者的觀點，詩「瘋長」了，他們難免感到不耐煩。在這個所謂資訊爆炸的時代，每個人的生活步伐都非常快，大家分秒必爭，閱讀的時間，當然也應以「經濟實惠」為前提。

　　對了，如果不是和權和楊宗翰二位先生的協助，這本集子是不會與讀者見面的，衷心地感謝他們。

語言文學類　PG0572

雨在夢的邊緣落著

作　　　者／周　粲
主　　　編／楊宗翰
責任編輯／孫偉迪
圖文排版／賴英珍、姚宜婷
封面設計／王嵩賀

發 行 人／宋政坤
法律顧問／毛國樑　律師
印製出版／秀威資訊科技股份有限公司
　　　　　114台北市內湖區瑞光路76巷65號1樓
　　　　　電話：+886-2-2796-3638　傳真：+886-2-2796-1377
　　　　　http://www.showwe.com.tw
劃撥帳號／19563868　戶名：秀威資訊科技股份有限公司
　　　　　讀者服務信箱：service@showwe.com.tw
展售門市／國家書店（松江門市）
　　　　　104台北市中山區松江路209號1樓
　　　　　電話：+886-2-2518-0207　傳真：+886-2-2518-0778
網路訂購／秀威網路書店：http://www.bodbooks.com.tw
　　　　　國家網路書店：http://www.govbooks.com.tw
圖書經銷／紅螞蟻圖書有限公司
　　　　　114台北市內湖區舊宗路二段121巷28、32號4樓
　　　　　電話：+886-2-2795-3656　傳真：+886-2-2795-4100

2011年9月BOD一版
定價：500元

國家圖書館出版品預行編目

雨在夢的邊緣落著 / 周粲著. -- 一版. -- 臺北市：
秀威資訊科技, 2011.09
　　面；　公分
BOD版
ISBN 978-986-221-757-3(平裝)

868.851　　　　　　　　　　100008740

讀者回函卡

感謝您購買本書，為提升服務品質，請填妥以下資料，將讀者回函卡直接寄回或傳真本公司，收到您的寶貴意見後，我們會收藏記錄及檢討，謝謝！如您需要了解本公司最新出版書目、購書優惠或企劃活動，歡迎您上網查詢或下載相關資料：http:// www.showwe.com.tw

您購買的書名：＿＿＿＿＿＿＿＿＿＿＿＿＿＿＿＿＿＿＿＿＿

出生日期：＿＿＿＿＿年＿＿＿＿＿月＿＿＿＿＿日

學歷：□高中 (含) 以下　　□大專　　□研究所 (含) 以上

職業：□製造業　□金融業　□資訊業　□軍警　□傳播業　□自由業
　　　□服務業　□公務員　□教職　　□學生　□家管　　□其它＿＿＿＿

購書地點：□網路書店　□實體書店　□書展　□郵購　□贈閱　□其他

您從何得知本書的消息？

　□網路書店　□實體書店　□網路搜尋　□電子報　□書訊　□雜誌
　□傳播媒體　□親友推薦　□網站推薦　□部落格　□其他＿＿＿＿＿＿

您對本書的評價：(請填代號　1.非常滿意　2.滿意　3.尚可　4.再改進)

　封面設計＿＿＿　版面編排＿＿＿　內容＿＿＿　文／譯筆＿＿＿　價格＿＿＿

讀完書後您覺得：

　□很有收穫　□有收穫　□收穫不多　□沒收穫

對我們的建議：＿＿＿＿＿＿＿＿＿＿＿＿＿＿＿＿＿＿＿＿＿

＿＿＿＿＿＿＿＿＿＿＿＿＿＿＿＿＿＿＿＿＿＿＿＿＿＿＿＿＿

＿＿＿＿＿＿＿＿＿＿＿＿＿＿＿＿＿＿＿＿＿＿＿＿＿＿＿＿＿

＿＿＿＿＿＿＿＿＿＿＿＿＿＿＿＿＿＿＿＿＿＿＿＿＿＿＿＿＿

11466
台北市內湖區瑞光路 76 巷 65 號 1 樓

秀威資訊科技股份有限公司　　　收

BOD 數位出版事業部

....

（請沿線對折寄回，謝謝！）

姓　　名：＿＿＿＿＿＿＿　年齡：＿＿＿＿　性別：□女　□男

郵遞區號：□□□□□

地　　址：＿＿＿＿＿＿＿＿＿＿＿＿＿＿＿＿＿＿＿＿

聯絡電話：(日)＿＿＿＿＿＿＿　(夜)＿＿＿＿＿＿＿＿

E-mail：＿＿＿＿＿＿＿＿＿＿＿＿＿＿＿＿＿＿＿＿